U0109860

高一大貝湖郊遊合影

繆平帆 著

同學會
雄中11組

大學時期大頭照（一）

大學時期大頭照（二）

作者高二時被抽去當兵，圖為傘兵訓練中心所攝

台中公園泛舟·高二泰加全省音樂比賽

高一大貝湖郊遊合

當我們同在一起 ...

高二下(1961)歡送裴正泰入伍惜別照之一

小學六年級畢業時全班合影

作者兒子碩士畢業典禮（妻子已逝世，左一為女兒）

小學同窗畢業四十年後在母校「獅甲國小」大門前合影留念

小學同窗畢業四十年後在母校「獅甲國小」校園內合影留念

作者返鄉旅遊南京風景（一）

作者返鄉旅遊南京風景（二）

四十年後「雄中11組」攜眷重返校園（一）

四十年後「雄中11組」攜眷重返校園（二）

「旅遊良伴」部份團員合影，左二為作者

「紅包」內弟陳邦助（後排左一）全家福

作者全家福合照

自序

　　論到寫作，其實我是門外漢，瞎子摸象而已。之所以有作品見報，完全感謝上帝賜給我靈感所致。

　　當靈感如潮水般湧現之際，字句便汨汨乎自然浮出水面，我只是提筆捕捉這些辭句，信筆走來，便是一篇文章。

　　有時謄完文章，不免懷疑，這是我寫的嗎？還是本尊之外另有一個分身？認識我的人都知道，柴米油鹽生活中的我，沉默寡言，嚴肅無趣，掐不出一絲幽默的嫩芽來，然而躍上舞台，穿著戲服，一如川劇變臉，「我」活蹦亂跳，妙趣橫生，文章裡扮活了各種角色。

　　當靈感退潮後，荒郊野外，我猶如一灘枯水，再也濺不出半點水花，只有在大太陽底下乾著急。

　　乾著急的日子，比一圈一圈的蚊香還長。從大學算起，平均一年裡，像用完了的牙膏似的，只能擠出一或二篇作品。

幸好我這口氣活得還夠長，一點一滴，集結起來，也可印成一本小書了。

我這扁小舟，緩緩踽踽獨行，沒有縱才絢詞掀起的洪濤闊浪，只有不施胭脂的小小漣漪隨行，沿途青青柳色新，一站一站的人生驛亭，攬入書頁中。朋友！誠懇地邀請您，有空來書中坐坐。

感謝上帝！平凡的歲月裡，讓愚笨渺小的我，留點蛛絲馬跡。我很欣賞蘇軾的這首詩「人生到處知何似？應是飛鴻踏雪泥，泥上偶然留指爪，鴻飛那復計東西。」

目次

十鳳與我們

　　去年聯考放榜日，敞著那份報紙，數了一陣子，又和老劉推敲一陣，我斷定本班只有十位女生；「不！」老劉搖著頭，「十二位。」他一口咬定。最後二人以「電影一場，牛肉麵一碗」為賭注，結束了這項「探寶」工作。

　　註冊那天，填座位表的時候，老劉特別選在一位叫呂萍的旁邊，並且輕聲向我耳畔道：「我預備追她。」

　　三日後開學了，我暗中一數，只來了九個，正納悶，不防老劉一拳打來。「你看！」他滿臉的洩氣相。

　　我順指向座位一瞧，哦，原來呂萍是男的！

　　再向左一瞥，天！在下的芳鄰蔡秀庸竟也是個「尖頭饅」。

　　我們相視苦笑著，淒涼而古典！

　　好在第一節下課後，女生又來了一位，總算那場電影和牛肉麵沒落空，聊堪自慰！

　　在日間部所有女生加起來，也不過十多位的百分比下，本班能囊括十位，能不說不「多」？

　　這十鳳，不管燕瘦環肥，無論老小美醜，在「物以稀為貴」的本校，一個個都成為「航管之寶」啦！

　　剛開學不久，本班門前「車水馬龍」，川流不息，各系的小白臉都到齊了，好不熱鬧！

　　為了本班權益計，有人主張把前後門關起來，免得「肥水流落外人田」！

　　「閉關自守」政策，雖有效，但壽命不長，沒兩天，胖哥們再也悶不住了；「打開透透氣吧？」

　　就在「門戶開放」的首日，造船系的K君，遂乘虛而入，找著小琴窮聊，頓時後座一陣汽水聲，把人家「噓」了出去。事後「艾森豪」說：「余豈好噓哉？不得已也。」因為，小琴是他的「那口子」呀！

　　與我住在同寢室的老邱，一向不修邊幅，近來卻買了「英倫BK」、「森林美髮霜」一類的化妝品，每晨必「打扮」半小時餘才去上課，說起來，只因為有次小盈對他多笑了一笑，他倒緊張得以為自己是在戀愛了。

像老邱這種神經質的人，可多呢！上課時，只要她們搔搔頭，或者輕咳一聲，準有數雙眼睛從黑板上移了方向，您說怪不？

其實她們十個，可真是本班的「精神堡壘」，記得上學期中途，女生忽然改上護理，軍訓課時，我們舉目無「卿」感到「寂寞」起來。唉！真不知那些「光棍系」日子怎麼捱的？

當然，她們在班上人雖少，卻有舉「手」輕重之勢，話說前兩個月，大夥興起，提議到陽明山去郊遊一番，表決時，許多原本高舉雙手的男同學，見一鼻孔出氣的妞兒們沒動靜，一個個只好把搖在空中的雙手「撤退」回來，「阿婆」說得好：「她們不去，還有啥個興緻。」

算起來，上學期我們班上之所以獲得排球和桌球雙料冠軍，論功，完全是由於她們賽前「打氣」，臨場「加油」，事後「犒賞」的結果。無怪「光棍系」們申冤道：「非戰之罪也！」

（本文曾刊於54年6月「海院青年」及台灣新生報。稿費80元。）

「乾媽」與「劉叔叔」

──記兩位同學

　　「乾媽」出生於民國三十六年，今年剛好「壽高」十八──「一朵花」的年齡。

　　「媽是為你好！」她一付老氣橫秋的神態，眉頭皺上一個小小的蝴蝶結，憂心忡忡地說。

　　這句話，是對實際上比她大二歲的「兒子」說的。他（她）們正在學生會議室排演什麼話劇。

　　凡是看過的人，對「王母」一角莫不翹起大拇指廉價叫好。初為「人母」的她，得意非凡；不但對劇中人呼她「媽！」應得香噴噴，並且私下對吃她「老豆腐」的人，照樣答應：「噯，乖！」

　　「乾媽」的典故，據說即源出於此。

　　「乾媽」不高不矮，不胖不瘦，不美不醜。的確，說她美嘛，嘴上有一顆黑痣，活像蹲在大門口的石獅

子；講她醜嘛，追的人倒像趕不走的大頭蒼蠅，黑鴉鴉地一大堆。「橫看成嶺側成峰」，是美是醜，那要看站在什麼角度，啥個立場了。不過從外表上看，她比實際年齡確實要「老」些；其所以「老」，大概是由於平時賣老「賣」慣了。不管您民國幾年出生的，在她的「遠視眼」中，男同學一律是她弟弟，女同學個個是她妹妹。您願不願意是您的自由。但她開口閉口那命令的語調，和指手劃腳的指揮姿態，點點滴滴地表示出她是「姐姐」，不容您不承認。

她是課外活動組的「紅人」。話劇社、土風舞研究社、合唱團……，都有她一份；連畢業慶祝酒會啦，同學畫展剪綵啦，橫貫公路徒步旅行啦，社團郊遊啦……，樣樣少不了她。即使明知她不來，請帖總得送上；因為全校只有十幾位女孩子，而她是「頭」。寧可拍馬屁拍到馬腿上挨她一腳，卻對她開罪不得；否則一千個多光棍，沒幾位小姐在場「提神」，什麼事也辦不起勁。

大一時，她是本班「民選」的班代表。逢到大掃除，她一手叉腰一手指著四十多位男同學的鼻尖，作風

大膽，會吼能叫：「個子高的擦上面玻璃，矮的擦下面的。你們五個掃地。喂！站在那裡同學去提水！哎呀！快把講台搬出去嘛！噯！你沒事？來，搬桌椅。……」於是百萬大軍動員了。她像參觀遊樂園似的，這邊逛到那邊；見了人，沒大沒小沒男沒女的，都是「喂」呀「噯」呀的。

那時「劉叔叔」當副班長。他是本班魚骨頭裡挑出來的老實郎，見了女孩子會心跳臉紅口乾舌燥；像剛跑完一千五百公尺似的，連氣都是一伏一伏的。對頂頭上司的「班頭」，更不敢正瞧一眼。

班長動口不動手，一切大小雜事，只要「獅子口」一張，「劉叔叔」拿著雞毛當令箭，一字不改地照辦。唯唯諾諾，被她喊過來訓過去。爬上爬下，進進出出，全班的事，幾乎都給他「包」了；累得奄奄一息，只剩下一口遊絲。積怨難消，只好偷偷地在她背後替其起個「雌老虎」的綽號，慶祝慶祝。

不久，那些天殺的同學，把「劉叔叔」「配」給「雌老虎」了。雖然他哭喪著臉極力搖頭，但搖不掉大

家的揶揄。見了他，眾口爍金地問：「昨天你『太太』又跟誰郊遊去啦？」

可笑的接著發生。去年校運女子二百公尺決賽時，他「那口子」跑在其中；在場加油的本班啦啦隊，忽然發出「仰天長嘯」：「劉叔叔加油，劉叔叔加油！」場內聞聲勁起，真的「不負眾望」奪得第一，笑煞了那批促狹鬼。

寫到這裡，同學們又在騷動啦：「喂！大家快來看，『乾媽』那件紅上衣是不是你買的呀？」

到底沒糟蹋三餐蓬萊米，「劉叔叔」也學得「聰明」起來了。這次反而笑嘻嘻地幽了一默：「是的，是你『乾爹』買的！」

（本文曾刊於55年「海院青年」及台灣新生報副刊。稿費90元。）

他們都說我追她

　　許是前世的冤家吧？在數萬名各路「英雄好漢」中，偏偏她和我一同踏進航管這艘破船上來，比日蝕月蝕還巧合，假如誰少考了一分，豈不是沒戲唱了！

　　提起咱那段「羅曼史」，得由大一時「唱起」。

　　那時咱是副班長，而她正巧是我的頂頭上司「班頭」。由於「公事」上接觸頻繁，致引起別人「酸性關心」，本來，在「僧多粥少」的本校，一個女孩子走路已夠引起大家的「側目」了，況且我還常常跟著她跑訓導處，上課外活動組，出入雙雙，難怪大家不信我在整履，硬嚷我在偷瓜了。

　　起初，咱叫破喉嚨，到處呼冤，然言者咄咄，眾口爍金，張三說我在追她，李四也說我在追她，咱雙拳難敵四掌，叫啞了老破鑼也沒用，不是麼？瞧她，彎像小尼姑入定似的，對於窗外的流言風雨，視而不見，充耳不聞，沉默是金，對！讓那些細菌自生自滅吧，況且，

既然人家女孩子都那麼「大方」不在乎，我忸怩個啥？「小氣」個啥？好吧！他們說我在追她，就算我在追她吧，反正又不是叫我去砍柴揹米，我緊張什麼？畫餅充飢，聊勝於無，我何樂而不為呢？

就這樣，誰再說時，我就免費送給他一個不花本錢的微笑，我也不吃虧，您說是不？

所以有時他們偷偷地問我：「喂！剛才她找你，卿卿我我地說什麼呀？」我回答說：「她叫我今晚十二點在教室等她。」翌日他們又問：「昨晚怎樣？」我說：「跪了一夜算盤。」

此後，凡是她參加什麼社團活動，啥個郊遊野宴，都有一批「關懷」我的同學在提供「現場實況」，繪聲繪影，我不知他們一天吃幾碗飯，管的閒事倒不少。

有一段時期，她跟別系某「團長」好過一陣子，那時我好高興，心想此時該謠言止息，耳根清靜了吧？不行，「杜魯門」報告了幾牛車的「情報」，「師爺」說他倆常常在中正公園。於是，有的同學要借給我菜刀，有的要借給我繩子，叫我哭笑不得。

　　大二時，一時興起，在新生副刊上寫了一篇「乾媽媽與劉叔叔」，聊博讀者和同學一笑而已，沒想到同學們都異口同學地說「乾媽」寫的是她，「劉叔叔」影射我，一傳十、十傳百，害得我去年暑假本要訂婚的，對方小妞兒不知哪來的「情報」，說我與「乾媽」有染，關了婚門，使我碰壁之餘，小民遙向包青天大人，頻喊：「冤枉呀！冤枉！」

　　寄語長舌的同學們，請不要再放冷空氣說我在追她吧，小生守一輩子和尚廟不要緊，別以後舊戲重演，害了人家黃花閨女嫁不出去，那真是罪過！罪過囉！

（本文曾刊於56年6月「海院青年」及台灣新生報副刊。稿費90元。）

情書

　　這些日子，每天到了這時刻，陳老頭就坐立不安，頻頻向門口張望，不會錯過任何一個經過門口的人，甚至連狗也不例外。

　　老妻看在眼裡，起初納悶不解，後來發現是在等郵差，細細地盤算一下，才想通，原來他年輕時代的老毛病又犯了，背著自己在外頭交女朋友，以前女朋友的信件都寄到他公司去，現在退休了，這些信件就追到家裡來了。

　　說到曹操，曹操就到。郵差的單車騎到門口戛然而止，一聲：「有信！」把老頭從沙發上「彈」了起來，顧不得腰酸背痛，一個帶球上籃的箭步，把信抓到手裡。手還發抖哩！

　　老妻不免妒火中燒，仰著慈禧太后的冷臉，喉管中爆出一句：「信拿來！」

老頭冷不防這一著，嚇了一跳，臉色訕訕地說：「沒什麼信。」

「拿過來！」聲音提高了八度，連門窗都震了一下。

老頭兒紅著皺紋的臉不好意思的笑道：「嘿嘿！我只是寫著玩的，妳要看它做什麼嘛！」說著把信藏在背後，怎麼也不讓看。

老妻心想一定是這麼回事，可給我逮到了！

就以每天早上在體育場學的那套太極拳工夫，一個「攔雀尾」，外加一個「單鞭」，二三招就把信搶到懷裡，架上老花眼鏡一瞧，不像是情書，原來是報社扔回來的退稿，不死心！掏出文稿看看，劈頭一句寫著：「女人，女人是天生疑心的動物……」

（本文曾刊於67年4月26日聯合報副刊。稿費500元。）

機場雜記

　　由於經濟快速成長，國民所得增加，搭乘飛機的人愈來愈多，碰到假日，機場內更是萬頭鑽動，人潮洶湧，許多有急事而劃不到座位的旅客，急得如熱鍋上的螞蟻。一些常搭飛機的老顧客，會「技巧」地跟我們拉交情，希望我們幫個忙，弄個位子給他。久了，有些同事的「乾姐」「乾妹」一大掛，常常「寶姐姐」前腳走，「林妹妹」後腳到，忙得「賈寶玉」上氣不接下氣，不亦樂乎。

　　另外道行較高的同事，會「更有技巧」地選擇一些「乾爹」「乾媽」，平常送進接出，提行李拿皮包，真似「兒女」般地孝順。遇到公司人事升遷大變動，想乘「直升機」的人多，於是各路「英雌」「好漢」使出絕招之餘，紛紛搬出「乾爹」「乾媽」到公司「走動」，這些走路有風的響叮噹大人物，上頭不得不賣個面子，讓「乾兒」「乾女」「飛」上青天。

以上都是各航空公司流行的「獨家報導」，也許是真的，也許是吃不到葡萄的人編出來的「酸」笑話。

說到笑話，在機場鬧得不少。譬如客人去甲地，結果誤載到乙地；有時客人未誤載，行李卻送錯了地方；有時一百個座位的飛機，卻上來了一百零一位客人，最後一名上去的，又被「請」了下來，弄得客人火冒三丈。其實也不是我們存心拿這些「衣食父母」開玩笑，實在是有時工作太忙，忙昏了頭。就拿賣票來說吧，常常三五位客人同時湧到，個個急如星火，只好一口氣開給他們；等到下班結帳時，糟了！忘了收客人的票款。一張雙程票一千四佰一拾元，客人「飛」了，到哪兒去找？如果少收幾張票款，這個月就「笑」不起來囉！

在機場，最愜意的事，是可以鼻對鼻地欣賞到，常在銀幕上出現的人物。有時正哈欠連天，驀地，眼前一亮，精神一振，原來某大牌歌星駕到；待一會兒，某影星降臨；更有三五成群，星光閃閃，令人目不暇給。我們趁著給她們辦手續時，悄悄地注意護照或身份証，看看她們真實姓名、籍貫、年齡等，回家後可向左鄰右舍吹噓一番。我初到機場上班時，隨身帶了一本簽名小

冊，碰到影歌星，恭請她們簽名留念，以後見多了也不希罕，懶得再找她們簽了。

　　末了，寄語想看影歌星廬山真面目的讀者們，有空時不妨來機場逛逛，說不定猛一抬頭，會跟趕搭飛機的崔台菁撞個滿懷哩！

（本文原刊於67年5月29日聯合報萬象版360行徵文，稿費500元）

播種

　　當陳牧師問我，願不願意每個星期六下午，義務到少年輔導院去工作時，我毫不考慮地答應了。

　　一方面為了想接觸不同層次的人群，瞭解他們的生活形態，以充實自己貧乏的人生經驗；另一方面，我是耶穌的信徒，為什麼我不學著去關懷別人呢？

　　記得第一次去少年輔導院，興奮之中掩飾不了內心的惶恐和緊張。我從來沒有教學的經驗，等一會兒如何在台上侃侃而談呢？輔導院的學生會不會太頑皮，使我控制不了教室的秩序？會不會有一桶水，放在門框上，當我推門時，水桶掉下來，淋得全身都濕透，被他們看得哈哈大笑？

　　直到走進教室，踏上講台，我的心不由得驚呼起來，啊！學生們是如此安靜，如此乖巧，沒有惡作劇，沒有搗亂，比我們當學生時還中規中矩，完全出乎意料之外。

　　我帶領他們先唱一首聖詩，再講一段聖經故事，為了培養他們對美的愛好，最後我總是講解一首淺近的詩詞作為結束。

　　這些從十二、三歲到十七、八歲的孩子，有的長得十分清秀可愛，使見到的人忍不住在心底要問：他們為什麼會進輔導院的呢？

　　輔導院的導師告訴我，院中的學生，百分之九十以上都是偷竊，被警察機關抓到，經法院判決，送來這裡受感化教育三年。部份孩子進來後，不久又翻牆逃跑，抓到後延長其教育時間。另有一部份學生，出院後又犯罪，第二次入院，甚至有三次、四次的記錄。所以有幾個孩子是從小在這裡長大的。

　　「你看那個龍政欽，剛進來的時候，只有十三歲，現在已長到十八歲了。」

　　我順著導師的手看過去，是一個高大健壯黝黑的學生，我認識他就是班長，有一雙濃眉、閃著智慧的大眼睛。從外表看，他比實際年齡要成熟一些，好像一位大學生，因為他粗獷中透著一股文質彬彬的氣質，一點也看不出，他是從這裡長大的孩子。

「他也是偷竊？」我小聲地問。

「是的。」導師說：「他進進出出好幾次了。」

這引起我的好奇：「他為什麼偷竊呢？他的家庭背景如何？」

「據他自己說，他本有一個美滿家庭，但是他的父親喜歡尋花問柳，他的母親為此跟他父親離婚，獨自走了。」導師嘆了一口氣，繼續說：「離了婚的父親，不但不悔改，反而常常帶女人回家睡覺，他氣不過，也離家出走。最初想找母親去，但不知母親在哪裡？在外流浪，沒吃的，只好偷了。」

又是一個因家庭環境影響而造成的例子！這些日子，我已經聽到了不少故事：有的家庭人口眾多，父母沒受什麼教育，只盲目地生，不知管教，讓一大堆的孩子自生自滅，以至淪為小偷；有的家庭很有錢，父親忙著交際應酬，母親整天沉迷牌桌，孩子沒有人關懷，結交了一批不良少年朋友，學壞了。總之，幾乎每一個人背後都有一個可悲的故事，這些故事，不是新的，我們曾經聽過，然而一直仍在社會上各角落裡。

　　我想起陳牧師對我說過的話：「我們不要看不起那些犯了罪的人，假如我們處在他們那種環境，我們比他們好不了多少。」

　　自從聽了導師的話以後，我對龍政欽特別留意。有一次，我講完聖經故事後，照例抄一首詩在黑板，當我寫下：紅豆生南國……

　　龍政欽的低沉聲音在台下吟道：「春來發幾枝，勸君多採擷，此物最相思。」

　　我回過頭來，又吟了一句：「白日依山盡……」

　　他答道：「黃河入海流，欲窮千里目，更上一層樓。」

　　我很驚奇，他怎麼會背這些詩呢？

　　「我喜歡文藝，沒事的時候，我也背一些詩詞消遣。」他說著打開了抽屜：「喏，老師你看，我這裡還有好多書唷！」

　　我一看有朱自清、徐志摩等人的文集；李後主、李清照等人的詞；還有一些小說，其中有一本正攤開來的。

　　「你現在正看這一本？」我指這著正攤開的一本，翻回封面是雨果的「孤星淚」。

「是的，我剛開始看。」

我才了解，為什麼他看起來像一個大學生。雖然他只讀過初中一年級，但他那副氣質，多多少少來自書卷之中。

由於有相同愛好，我們很快成為好朋友。我發現他很自卑，常常怨嘆自己只有國小畢業。

我把王雲五老先生的故事說給他聽，勸他靠自修也可以站立起來；同時勸他，為何不參加輔導院舉辦的同等學歷檢定考試呢？

我到舊書攤買了一大堆，初中各科教科書及參考書，勸他苦讀，參加明年的考試。

「謝謝老師，」他說：「我沒有辦法參加明年的考試了，因為還有兩個禮拜，我就出院了。」

「那麼你出院以後做什麼呢？」我關心地問：「繼續讀書還是就業？」

他低著頭不回答。

「你有什麼困難？」我追問。

半晌他才開口：「我爸爸不要我回家。」

「為什麼？」

　　他的頭垂得更低：「上次回去向他要錢，他不給，我偷偷把他的錄音機、照相機拿去賣掉，他氣得不要我了。」

　　這樣大的人，做出這種蠢事，令我不解：「你為什麼要這樣做呢？」

　　「我恨我爸爸！他的錢都花在女人身上，我向他要錢，他就罵我，罵我沒出息，丟他的臉。」龍政欽愈說愈激動：「他也不想一想，我是被誰毀的。我以前的同學都讀高三了，我，我……」

　　「原諒你爸爸，不要恨他，」我拍拍他激動顫抖的肩膀：「恨只有彼此傷害，唯有愛能化解一切的過錯。」

　　龍政欽慢慢恢復了平靜。我說：「把你家的地址抄給我，我明天到你家跟你爸爸說，讓你回去。」

　　「我不要回去！」他抬起頭來說。

　　「你要去哪裡呢？」我急切地問。

　　「我們這些輔導院出來的學生，還能去哪兒？」他紅紅的眼珠，瞄向牆外遠遠的天空。五月的黃昏，常常有陣雨，這時遠遠的天際正是一片黑雲。

我望了望四周的高牆。每一個學生日日夜夜，都盼望能早日走出，這些圈住他們自由的高牆。

龍政欽也不例外，他已在這裡像一隻鳥兒似的，被關了四年多，現在終於能飛出去了，可是天地雖大，他卻有無處可棲的痛苦。

「老師，您知不知道，我們這些輔導院的孩子，有許多是家長都不要的？」龍政欽忽然問我。

「我聽你們導師講過。」

「您猜他們去哪裡？」

我搖了搖頭說：「不清楚。」

「都去投靠他們的學長。」龍政欽知道我不了解，接著告訴我：「女同學由學姊介紹當舞女、酒家女、咖啡女；我們男同學由學長帶著當保鏢、打手、殺手。」

我聽了嚇了一跳：「你也去那裡？」

他苦笑著，眼睛由黑雲之中收回來：「除此之外，我還能去哪裡安身？」

「不！你絕不可去那地方。」我說：「你父親如不讓你回去，我收容你，你跟我住在一起。」

第二天，我到屏東找他的父親。果如龍政欽所言，父親不要他回家。

我得到龍老先生的許可，讓龍政欽搬到我的宿舍來。

在高雄加工區，我幫龍政欽找到一份工作。等到九月開學，預備晚上讓他讀夜校。

星期日龍政欽也隨我到教會做禮拜，陳牧師很喜歡他，常常留他在家吃飯。

日子過得很平靜。

有一天龍政欽說他要回屏東看爸爸，帶著幾件隨身衣物走了，這一走，就沒有回來。

我到屏東去問，他爸爸說沒有回家；到他公司去打聽，回答沒來上班。

到哪裡去了呢？我不免擔心起來。

過了兩天，收到龍政欽的來函，信中寫道：

老師：

　　原諒我不告而別！您對我厚厚的幫助和深深的期望，使我感到有一種無形的壓力，加在我的肩

上，雖然四周的人群，以慈眉善目對我，我卻十分不自在，您瞭解我的心情嗎？

我野性的細胞，一直在內心吶喊：我要出去闖天下！我要做一番事業！

也許您擔心我會墮落，去找學長，是不是？

記得「孤星淚」中，那個被主教感化的尚萬慶嗎？我，一個懺悔的罪犯，也期望能像尚萬慶那樣，從此以後過一種新的生活，我會學好，有一天我希望像您一樣，傳遞愛的火燭，照亮那些坐在黑暗之中的人，因為我嘗過黑暗中的滋味。

請勿為我操心，我會好好照顧自己。

最後，附上相思豆數粒，不管我在哪裡，我會思念您的。

敬祝

夏安！

政欽敬上

握著小小的相思豆，我突然發現，我過去所撒的種子，已經在他心田中萌芽了。願這株新芽，經過外面風雨的洗禮，長得茂密，結實纍纍。

（本文原刊於67年6月21日台灣新聞報西子灣副刊，與小偷、襪子三文稿費共四千元）

小偷

最近附近小偷愈來愈猖獗，上個月偷了劉家，兩星期前王家又遭殃，昨天更使隔壁大搬家，下次說不定……

「我看我們家那些鑽戒、寶石、黃金，不能再放在家裡了，明天我到銀行租個保險箱，放到那兒去比較安全，妳看好不好？」

小偷還沒來，她的嘴唇已經泛紫了，聽到丈夫的話，臉上氣色才轉過來，連忙不迭地猛點頭。

東西雖然放在銀行，但她還是不放心，把破舊的門窗敲敲打打，修補一番。

叮叮咚咚的噪音吵煩了先生，不得不提醒她：「現在不用敲啦！妳敞著門請小偷進來，他也揀不到什麼值錢的東西。」

她工作得正起勁，你說話等於放屁，你越講她越敲，真沒見過這麼臭的脾氣！

太太把門窗釘得密密無縫，別說小偷跑不進來，就是螞蟻也甭想鑽進去。

大概過了一個禮拜吧，太太在臥室裡尖叫起來：「不得了！小偷來過了！」

先生兩條腿蹺在沙發上，動也沒動地問：「嚷什麼！是不是偷了妳的口紅，還是妳的胭脂？」

「我二兩黃金、三仟美鈔被偷去了啦！」

「什麼？妳有私房錢？妳放在哪兒？」

「嗚－－，嗚－－」，太太大哭起來：「我用舊襪子包著，塞入破皮鞋裡，放在床底下；原以為神不知鬼不覺，沒想到還是被搜去了。嗚，嗚－－－－」

「哎呀！妳早不跟我講！」先生跳起來跺著腳：「昨天我掃地，看見床底下一堆爛皮鞋，好幾年也沒人穿，放在那裡招引蚊蟲蟑螂，我統統丟到垃圾車上去了。」

（原文刊於67年6月24日台灣新聞報西子灣副刊）

襪子

　　急急忙忙地回到家，屋內衣服、鞋襪、帽子滿天飛。又是兩個稚兒的傑作，自從太太去世後，這個家缺少人整理，快變成垃圾堆了。

　　本要責打他們一頓，想到太太生前就疼這兩個孩子，手就軟了，聲音也柔了起來：「來，洗洗臉換件新衣服，爸帶你們喝喜酒去。」

　　把兒子穿戴整齊後，看看錶，還有半個鐘點婚禮就要開始了，做父親的乃以最快速度，在衣櫥裡把西裝上衣找到，褲子在五斗櫃裡，領帶跑到枕頭底下，襪子呢？他望望零亂的四周。

　　「重光、重明！有沒有看到爸爸前天買的新襪子？」

　　「沒有！」二人異口同聲地回答。

　　自己是介紹人，有新西裝、新襯衫已足夠了，也不是新郎，穿什麼新襪子？套上舊襪走吧。

　　以前每次出門，太太總要幫他整一整儀容，然後說：「手帕帶了沒有？」現在沒有人問了。

　　趕到會場，匆匆上了講台，不久司儀宣佈婚禮開始：鳴炮、奏樂……介紹人致詞……。

　　他上前一步，口對著擴音器。台下擠滿了賀客，室內空氣悶熱得很，加上自己一頓好趕，額頭上汩汩地流著汗水。

　　掏出手帕，擦擦汗，定一定神。尚未開口，台下一片哄堂大笑，連新娘子也忍俊不禁地向他咧嘴竊笑。

　　是不是剛才在家刮鬍子，忙亂中把臉刮破了？用手帕把嘴角上下擦一擦。笑聲更大了。

　　此時重光一個箭步衝到台下，壓著嗓音說：「爸！襪子！襪子！！」

　　他一看，天呀！手中拿的那裡是手帕，可不是在家中找不到的那雙新襪子嗎？

（原文刊於67年6月27日台灣新聞報西子灣副刊）

蝴蝶谷的故事

　　話說去年公職人員選舉，高雄縣第七選區，有多人角逐縣議員。

　　此選區，包括六龜鄉及美濃鎮。六龜有彩蝶谷，美濃有黃蝶谷。

　　多年以來，兩地人士都極力爭取開闢本地的蝴蝶谷，成為觀光風景區，這次選舉，蝴蝶更蔚為熱門話題。

　　六龜籍的候選人某甲，向當地居民強調，一定要支持本鄉人士，否則彩蝶谷的蝴蝶，慢慢地飛到黃蝶谷去了。

　　美濃籍的候選人某乙聞言，也向美濃人士呼籲，絕不可讓黃蝶谷的蝴蝶，飛到彩蝶谷去，大家必須支持本地人才行。

　　斯時，有一對情侶，他（她）倆分屬於六龜彩蝶谷和美濃黃蝶谷。

　　他（她）倆來到一株香蕉樹下，兩蝶手牽手地坐下休息談心。

　　英俊瀟洒的蝴蝶先生，鋪滿一臉笑容，高興地說：「我告訴妳一個好消息，我爸爸已經答應我們的婚事了，這會兒就派人到妳家去提親。」

　　蝴蝶姑娘的臉上，忽然顯出又喜又悲、複雜混合的表情，半晌才說：「你們別去了。前天某甲翻山越嶺，帶著大包小包的禮物，到我們村裡去挨戶拜訪，要求全村家長，在神前起誓，今後彩蝶谷的人，不得嫁給黃蝶谷，誰違反規定，天誅地滅。」

　　「妳爸爸起誓了嗎？」蝴蝶先生的笑臉，像閃電一般，瞬間消失，換上的是焦急的愁容。

　　「爸爸帶頭起誓的。」說到這裡，蝴蝶姑娘美麗的眼睛，流出串串淚珠，以情人的眼淚，泣不成聲的音調，懇求情郎：「你願意入贅到我家來麼？」

　　「不行不行！我爸爸死也不會答應的。」情郎解釋道：「昨晚某乙到我家，向我父親耳語了一陣，他走後，爸叫我今早趕快來求婚。爸說妳嫁到我家，我們就

多了一『票』；現在要我入贅到妳們六龜鄉，我們美濃鎮不是少了一『票』嗎？」

（原文刊於67年12月14日台灣新聞報西子灣副刊，稿費700元）

又是休止符

　　我們科裡，陰盛陽衰。

　　十幾位沙家女英豪裡面，像用完的牙膏似的，好不容易才擠出兩條男人。

　　一位是科長，另一位是阿成。

　　科長已經五十多歲了，一口黃牙，一付深度眼鏡，枯草一枝，當「花瓶」不夠格，半點魔力都沒有。

　　阿成就不同了，二十五歲，一七五公分身高，壯得像支鋼筋水泥似的，雖說不上英俊瀟灑，卻挺性格的。

　　記得他一進公司，那些塗抹藍的、綠的、紫的、昏昏欲睡的眼珠為之一亮！

　　像春風吹醒了大地，封凍的枝椏，紛紛探出新芽。

　　你聽！有人在譜新曲了。

　　「噯──」是小玲的嬌聲：「幫我買份早餐好嗎？」

　　「沒問題。」

不一會兒，阿成手裡提著豆漿、燒餅、油條回來，往小玲桌上一擱：「妳胃口真大，能吃得了那麼多？」

小玲黑眼珠向兩旁一掃，見大家低頭辦事，沒人注意，分了大部份給阿成：「謝謝你的跑腿，我吃不完，這些請你幫忙吃。」說完，又意義深長地看了一眼。

剛下班，阿成的摩托車正要發動，翠華一個箭步，由旁邊竄出：「我想去大統百貨買件東西，可不可以搭個便車？」

「可以呀，我順路。」

阿成的車子騎得像火箭脫軌，後座坐墊又短，翠華活像章魚抓到泥鰍，乘勢把阿成摟得緊緊的

一路呼呼、呼呼地好過癮！

翌日是綽號「猶太女王」的生日，這次破天荒「跳樓大請客」。帶了不少西點麵包，請同事們吃，每人一份，分完了，「剛好」多一份。

「男人食量大，囉，這多的一份給你。」「猶太女王」打開她的貝齒，笑盈盈的說：「今晚我的舞會，你可不能缺席唷！」

　　阿成以前擺過地攤，喊破了嗓門，也叫不到幾個客人。

　　現在不用哼一聲，小姐一波一波地湧到。運氣來了，擋都擋不住。

　　是囉！十三比一呀！

　　小玲那天跟妹妹到電影院看「凡夫俗子」。散場後一抬頭，發現阿成擁著一個長頭髮的女孩子，親親熱熱地擠在人群中。

　　小玲的溫度計，一下子就降了十度，手都冰啦。

　　隔幾天，工友「播音員」一進門就嚷起來：「喂！號外號外！昨天下午我在澄清湖旁，看到阿成摟著一個女孩子在散步。」

　　「長相如何？」大家異口同聲地問。

　　「很秀氣，還戴了一付眼鏡。」

　　「哼！上個禮拜，我看見他帶了一個沒戴眼鏡的女孩，妖里妖氣的。」有人也提出她的發現。

　　「長頭髮的還是短頭髮的？」小玲好奇地問。

　　「短的。」

　　小玲心裡發沉，沒說出自己看到一個長頭髮的。

此時，妳一句我一句，一劑一劑，愈挖愈多。

這小子原來是花心色狼！

正當大夥暗地裡醫治傷口的時候，公司又新進了一位員工阿良。長得英俊脫俗，蠻純潔的。

休止了四拍的音符又揚跳起來。

「阿良！你住屏東呀，」小楊好像發現了新大陸般地高興：「我也住屏東，以後通勤我們有伴了。」

同車了一個禮拜。阿良對小楊說：「早上趕晚上也趕，趕得我累死了，我不通勤，我要住公司單身宿舍，晚上還可以補習英文。」

正在打哈欠的小咪，一聽到阿良要補習英文，頓時好像注了一支速賜康，馬上精神百倍，神采奕奕地向阿良推薦說：「我家開補習班，看在同事份上，你來免費。」

不但免學費，小咪每晚還附贈「強迫中獎」的水果。

阿良吃了半個月，感覺吃不消，不補了。

晚上，待在公司正無聊的時候，電話響了：「阿良啦──」一聽是「慈禧太后」的呼喚。

「今天我好不容易弄了兩張招待卷，現在陪我去看藝霞歌舞團好不好？」

「對不起，今晚我有事。」雖然沒有人看到，一撒謊阿良還是臉紅了。

「明晚呢？」慈禧太后提醒他：「明天是週末咧——」。

「明天——」阿良一時搜索不到藉口，忽然靈光一閃：「明天禮拜六我要回屏東。」

「哼！什麼了不起！」

音符又停止，不知道這回要休息幾拍？

唉！這年頭，男人不是花心，就是木頭、石頭，其餘的又不知跑到哪兒去了？

（本文原刊於70年12月12日，台灣新聞報西子灣副刊，稿費2000元）

同學會

三十年前我們在驪歌聲中，揮揮手說聲珍重再見。從此八千里路雲和月，各奔東西。

沒想到半甲子歲月後，我們這些「老」同學，又聚集一堂話家常。

滄海桑田，歲月的刀，把一個天真無邪的孩童，雕刻成怎樣一具面孔呢？

彼此一見面，大家都愣住了。

「妳是誰呀？」「白兔」指著似曾相識又不相識的對方問。

「不認識啦？小學時我們天天吵架，四年級有一次不小心，用硯台把妳的腦袋瓜打破了，害妳縫了好幾針的楊美柳呀！不記得了？」

「哦──，妳就是髒兮兮，整天流著長鼻涕的柳柳呀！我的天！妳的塌鼻子怎麼『長』高了？」

「嘻，嘻，美容墊高了嘛！」

一回頭，只見兩個人在瞪雞眼。

「妳是──？」

「死鬼，小時候我家住在妳家前面二排房子，我每天夜晚提著馬桶，到廁所去倒馬桶時，怕有鬼，都找妳一起去，忘了？嗯──」

「哦一！妳是『孫猴子』。怎麼現在胖得像個豬八戒似的？」

「喂！大家靜一靜，『毛妹』來了，看他能認出幾個人來？」

「毛妹」瞪著粗眉牛眼，流波轉了一圈；「妳是陳玉惠，你是『班頭』，他是劉光雄。其餘的人都像石頭裡蹦出來的，一個都想不起來了。」

「好哇！你忘了我教你打毛線衣、繡枕頭套啦？」

「過河拆橋。每逢寒暑假時，你都向我借作業拿回家抄，忘了？」

「唉！『毛妹』你賭博欠我的二毛錢尚未還，有沒有忘掉？」

　　這時女主人翟純蘭端著瓜子、糖果、牛肉乾等食盤進來：「喂——，大家都別站著認人，坐下來嗑瓜子、喝杯咖啡。」

　　趁著大家找椅子坐下來的時候，我偷偷地問「班頭」：那個穿紅上衣白長褲的是誰？又問小芬：那個穿紫色洋裝的是誰？好一會兒才把二十個同學認清楚。

　　「我跟小芬、陳雅君每年春節聚一聚，上午我們聊天時，忽然覺得只有我們二、三個人聊，為什麼不把大家找來聊一聊？」於是我們分頭打電話找人。有的在外縣市沒有回高雄，有的出門不在家，好不容易找來二十個同學。」翟純蘭說到這裡，伸了一個三十年前常伸的舌頭，繼續說到：「我們現在是，過一年少一年，再不聚，見不到啦！」

　　「烏鴉嘴！大年裡不說吉祥話，我們還年青得很哩！」小芬把「很」字提得高高的。

　　「是呀，讓我算一算，我今年四十七，誰還有比我大的？」陳玉惠問。

「我四十九，叫五十歲了，屬虎的。」「劉姥姥」伸出塗著紅蔻丹的玉手，指著陳雅君說：「她跟我同年，大概我們兩個最老。」

想當年，我們這些由大陸來台的小毛孩，唸國民小學一年級時，有的已經十三、四歲了，等到畢業，成了十九、二十的大姑娘或少年郎了。

當年要逃難嘛──有人在南京讀了幾年書，逃到廣州或上海又唸一年級，到了台灣，頭幾年沒學校唸，等到附近有個國民小學，不管大大小小都進一年級。

我們學校，有姊弟同班，兄妹同窗，哥哥弟弟或姊姊妹妹同桌，反正雞兔同籠一起唸大的。

回憶起小學頭四年，男生僅記得鬥蟋蟀、打籃球、騎馬打仗；女生踢毽子、跳繩、刺繡。

上了五年級，換了一位導師。他姓洪，天生一隻紅色鼻頭，我們管他叫「紅鼻子」。

他背後老是握著掃把棍，把我們的童年，一一打落了。

為了升學，教室內的笑聲、喧嘩聲消失了。

　　一堂堂的考試卷發下來，一鞭鞭的棍子揮過去。嚎哭聲密密麻麻的，把整個教室淋濕成殯儀館。

　　不管男生或女生，要是哪個沒打過手心、沒被鞭過屁股，真像牛羊下了蛋，成了奇聞。

　　「不管他過去怎樣打我，我今天對他還是充滿尊敬。因為他教學認真，每天從早到晚替我們補習，從沒有向我們收過什麼補習費。今天還有沒有這種不收補習費的老師？」在台東鄉下國中任教的許立人說：「以我們學校來說，由於山地補習人少，我們不願開班，勉強開了班，人少收的補習費相對地少，大家教起來就沒有勁。這時我才體會到，洪老師那種沒有補習費，仍舊拼命教學的精神，是多麼令人欽佩。」

　　這一點我們眾人都同意。

　　今天在座的同學當中，有陸軍少將、老師、報社主編、廠長、醫生、秘書等。追根尋底，有今天這麼小成就，莫不歸功於小學時代，洪老師替我們打下了良好的根基。

　　談到學生，許立人不禁感慨萬千。當年他抱著熱忱去山地教書的，萬丈豪情，像寫大楷的墨條，愈磨愈

少，最後自己本身，反被磨成一個，隨課程表串門子的教書匠。

一個銅板不會響，二個巴掌才拍出聲音來。所以如此，有其原因。原來山地學生家長不注重教育，學生更不摸書本，你要他寫週記，他少爺空著國內外大事，不寫就繳上來了。

老師問：「這裡怎麼不寫？」

「我家沒有報紙，不知怎麼寫。」

「你去想辦法，找份報紙抄一抄。」

他歪歪斜斜地抄好了。

老師一見傻了眼？盡是人參大補丸的廣告。

學生解釋說：「我爸爸買了一瓶米酒和花生米回來，我一看到包花生米的舊報紙，趕快抄下來繳給老師。」

又有一次學生繳數學簿。

老師問：「怎麼沒寫？」

「我不會算。」

「這裡有解答，你去照抄一遍。」

沒一會兒，學生繳上來了。

老師一看七孔生煙。上面寫著：第一題見解答一，第二題見解答二，……

大家聽了跟著笑了起來。

笑聲中，只見許立人緊閉嘴角，笑不出來。他有心在鄉下栽培一片樹林，可惜撒下的種，土壤太貧瘠，沒長起來。難怪他落落寡歡，一臉的疲倦。

這時翟純蘭的先生和女兒，端上年糕、蘿蔔糕及牛肉麵，硬留大家吃晚飯。

我一面吃，一面瀏覽會客室精美的佈置。

大約有十五坪，長方形的會客室，中間放了一些綠色植物的盆景，把整個客廳劃分為兩部份，各部份都配置一整套的沙發茶几。前廳裝有電視機、錄影機、音響設備等；後廳豎立一個大書櫃，書櫃裡面擺設得美侖美奐。兩組吊燈及壁燈，把室內照得柔和輕盈，牆上掛著一幅幅的油彩名畫，使室內豪華中透出秀氣。

想著當年我們小時候住的眷村，跟這棟四層樓的華廈相比，簡直是柴房與皇宮之別。

那時眷村八、九戶人家共用一個水籠頭，哪有衛浴設備？

全村沒有幾間毛公館，想要方便，必須行軍似的跑向茅房報到。

大清早，人人不約而同地到齊了，此時還得夾著尾巴，摀著鼻子，排著長隊挨號哩！

大姑娘們不好意思上公共廁所，只好在家坐馬桶了。

前面提到倒馬桶的隊伍，已變成歷史，目前見不到，那種浩浩蕩蕩的盛況了！年輕的一輩，恐怕還不知馬桶為何物？（此馬桶非目前衛浴設備內的沖水馬桶）。

呸！呸！人家在吃飯，你馬桶長馬桶短，有完沒完？多倒胃口！

真虧翟純蘭細心，把小學時代的相片簿找出來了，讓大家傳閱、回憶。

裡面有女主人的個人照，也有各學期的團體照。大家猛往相片簿裡鑽，想看一看自己當年的長相。

我看到自己站在人堆裡，傻愣愣地咧開大嘴，記不得當時是笑自己呢？還是在笑別人？或者什麼都沒笑，只因為照相師在前面叫：「來──，大家笑一個！」

又看到曲貴英，也是笑盈盈地望著看相片的人。

當年我任糾察隊長，她作副隊長；我是樂隊的指揮，她站在隊伍裡吹笛子。兩人常常同進同出，別人把我們配成對了。

雖然害羞，嘴巴不高興，心中卻是暖洋洋的。

有一次曲貴英國文隨堂測驗沒考好，挨了「紅鼻子」二板手心，下課後我悄悄的問：「痛不痛？」

她瞄我一眼，又低下頭：「人家還担心你的屁股痛不痛呢？」

我的屁股？哦──想起來了。

昨天算術成績發下來，「紅鼻子」指著我大發雷霆：「第三題這麼容易，你怎麼會錯，你的心跑到哪裡去了？」

說時遲那時快，啪啪二大板，狠狠地抽在我的屁股上。

我笑了起來：「早就忘了，妳還擱在心上？」

多年沒有伊人的消息，不知道嫁給誰？

「這是誰呀？我怎麼不記得她叫什麼名字了？」

我們循著指尖看過去，相片簿上的人影，泛黃而模糊，一時很難辨認。

　　「她是沈芽芽呀！」李梅玲像發現了新大陸似的驚叫起來。

　　沈芽芽？不是那個留著香菇頭，穿梭在大街小巷，夏天流著滿頭大汗，一路乾喊著：「賣冰棒唷──」；冬天改喊：「賣李子糖唷──」的芽芽麼？

　　芽芽沒爹沒娘，由叔父帶來台灣。

　　叔父家中人口眾多，芽芽放學後必須兼點副業，貼補家用。

　　同學見她身世可憐，有什麼好吃的東西，會偷偷地塞在她書包裡面。

　　誰要是跟她同一組掃地，她總是叫別人休息，讓她一人來掃。

　　需要清洗廁所啦、擦洗玻璃啦、提水澆花啦，她可是一聲不響地搶在前頭。

　　有一個炎熱的下午，我們揮著汗，一遍又遍唱：「記得當時年紀小，我愛談天，你愛笑，有一回並肩坐在桃樹下，風在林梢鳥在叫，我們不知怎地睡著了……」

彷彿歌聲中，真有清風陣陣吹，每個人哈欠連天，眼簾低垂。

我用手肘碰一碰芽芽，動都不動，她睡著了。

「噓──」音樂老師作了一個別打擾她的手勢：「讓她休息一下，可憐的孩子，她太累了，讓她做一個甜甜蜜蜜的夢吧！」

當我們借用台灣鋁業公司的大禮堂，舉行畢業典禮時，最後唱道：「珍重再見，珍重再見，親愛的朋友，離別就在眼前，從今以後，再相見前……」

許多女同學沒唱完，抽抽噎噎地哭了。哭聲最大的就是芽芽。

芽芽天性純良，善解人意，她把每位老師和同學，都當作她的親人了。

隔了三十年，乍聽到芽芽，有人的眼眶就紅了。

「她現在人呢？」大家問李梅玲，因為她倆是對門的鄰居。

「她初中畢業後嫁了人，沒幾年聽說先生有外遇，把她拋棄了。」李梅玲的眼淚，不聽使喚地流了出來：

「後來我到台北去讀書，畢業後嫁到新竹，這些年沒有她的消息，不知她現在怎麼樣？」

苦命的芽芽：天之涯、地之角，伊人現飄零何處？

「我們大家分頭打聽，把她找到。」李梅玲說：「我們這個同學會，不止彼此敘敘舊，對於陷落不幸中的同學，應該集合大家的力量，伸出愛心的手，拉她一把，使她重新站起來。大家贊成不贊成？」

「贊成──」大家異口同聲地附和。

「孫猴子」不但舉出雙手，表示百分之百的贊同，連雙腳也左右開弓似的翹起來。七老八老的還是那麼天真頑皮！

想當年她是我們班上的寶，常常怪聲怪氣地唱著流行歌曲，還帶跳的。

有一天，「紅鼻子」請假。「孫猴子」終於逮到伸伸筋骨的良機。

她左胳膊上挽著一個水桶，踩著蓮花步，扭著腰桿，唱道：「奴在房中，包呀包哪個餃子嘿，提著籃子去趕集，出了東拐門──」為了逼真，真的從講台上走向教室大門：「唉──唷──，出了東拐門……」

出了大門，猛不防跟匆匆來查勤的校長，撞個四腳朝天。

事後，挨了「紅鼻子」一頓好打。

常常跟「孫猴子」搭配演出的是劉明芳。

在一次同樂晚會中，她們先表演了一段「小放牛」，接著又演唱，當時最轟動的電影「春天不是讀書天」裡的插曲：「春天不是讀書天，夏日炎炎正好眠，秋天一去冬來到，收拾書包好過年……」

劉明芳一面表演，一面眨著那雙明亮靈活的大眼睛，淺淺的酒窩，像極了當年紅星林黛。

隔壁班的王老師，曾向別人誇獎劉明芳說：「這孩子生得俊，又有表演天才，將來一定是個電影大明星。」

我看到廖蓮英獨自在室內走來走去，她專注的出神的端詳著壁上的每一幅畫，嘴角不時泛起微微的笑意。

我發現她嘴角上的那顆黑痣消失了，大概美容過，怪不得嘴唇的弧形那麼優美？

是五年級吧？我跟廖蓮英輪值掃地掃晚了。人字形的飛雁，在操場上空一掠而過，我們三步併作二步地跑到校門口，回家的隊伍已經離去。

廖蓮英鞠了一個九十度的大禮：「陳老師再見——」。

陳老師是上學期才來的體育老師，剛從師範學校畢業，梳著亮亮的飛機頭，健壯的身材，穿著一身雪白的運動服，迷人極了！

那群飛雁已經滑到前面的稻田上空去了，天際燦爛的雲彩，像變魔術似的，在稻田中翻滾著各種圖形。

田埂上有三五成群的同學，隨著飛雁急速的遠去。

陳老師呆呆地望著遠遠的天邊出神，竟然沒有聽見。

廖蓮英嘟著嘴，那顆黑痣就坐在唇上跳躍：「神經病！每次喊他都聽不見。」

那時我人小，心直口快：「人家的心，早跑到田埂上的劉明芳那裡去了，眼中哪有妳？」

是呀！大家都曉得，陳老師只借牛伯伯打游擊連環畫給劉明芳看，我們想看，得託劉明芳去借才行。妳廖蓮英借了幾次，就碰了幾次釘子，還不曉得？

廖蓮英飛紅了臉，呸了我一口：「你亂講什麼呀？」

以後廖蓮英見了我，就像小偷見了警察，一臉正經，惟恐被人窺出破綻。

這時，我問身旁的「白兔」：「今天沒看到劉明芳來參加同學會，這些年沒她的消息，她後來有沒有跟那個體育老師結婚？」

當年，「白兔」跟劉明芳私交最好。

「結了，也了結了。」

「妳這話，我不懂？」

「少女情懷總是詩。劉明芳那時侯年輕不懂事，哪經得起對方甜言蜜語，初中沒畢業就嫁給他了。」

說著說著，「白兔」的氣就冒出來：「那個外表漂漂亮亮、穿著一身白的傢伙，原來是一匹狼，裡面包著污穢。沒三年，他又愛上學校裡一位新來的女老師。劉明芳受不了，離婚了。」

「現在她人呢？」別人也湊過來問。

「後來她嫁給一個老頭子，沒幾年老頭病死了。現在一個人拖著三個孩子，日子過得好辛苦。」

唉！人生際遇，思索起來，哪有軌跡可循？

得失之間，懸著怎樣一付，玄之又玄的八卦呢？

　　如果廖蓮英得到體育老師，她今天能在這裡，悠閒的欣賞著，一幅又一幅的名畫麼？

　　如果劉明芳沒嫁給他，會不會日後成為一顆耀眼的巨星？

　　我走向李敏雄，問他：「你們在聊什麼呀？」

　　「我說經過三十年的考驗，我們終於渡過大風大浪，將到達岸邊了。」他真像剛游完十萬八千里，吐了一口大氣：「不再青澀，無端憂慮。記得我們在學校時，有一次，大家集體去廟裡求籤的情形嗎？

　　求籤？哦──，是的，有那麼一次。

　　是畢業典禮後不久的一個傍晚，炎熱的夕陽，在教室後面的蕃薯田裡烤著紅薯，我們散坐在濃蔭的大樹下，看著落日燃燒煙屁股。

　　空氣中浮游著坐立難安的燥熱，能否考取好學校的焦急，緊緊的壓著我們每一個人的神經，透不過氣來。

　　李敏雄的老爹多次警告他，私立學校沒錢去唸，如果考不上公立初中，就得跟他去工廠當學徒。

　　陳雅君哭喪著臉，向大家訴苦，她娘早已暗示她，考不取好學校，就把她嫁給那個有錢的船長。

「可是他那口黃黃髒髒的大暴牙，我一看見就昏倒。如果考不取，我就跳河自殺！」陳雅君的眼圈紅了起來。

「不要跳河！」有人提醒她：「船長會開船救妳，那不成了自投羅網、自送懷抱嗎？」

「哎呀！人家都急死了，你們還拿我窮開心。」

「班長」額頭上的汗珠也一顆一顆地滴。他娘一向以生了個聰明兒子自傲，在鄰里間把空氣放出去了：「憑我兒子每學期都拿第一名，考雄中有什麼問題？」

雄中是南部最有名的學校，南部七縣市的精英，都向這所學校窮擠，去年本校兩班畢業生去報考，浪花淘盡，只上榜了二名，擠破了腦袋瓜。

假如考不上雄中，他娘叫他別回家去了，她可丟不起這個臉。

「人到底為什麼活著呢？」劉光雄在問：「就是為了吃飯拉屎，讀書考試麼？」

雖然那時我們已經十八、九歲，可是談到人到底為什麼活著都不懂。我們僅知道，考上雄中、雄女，自己有光彩、父母有光彩、學校有光彩。

「噯！將來我們會怎麼樣呢？」

你問我，我問誰？大家面面相覷。將來如何？誰也答不上來。

太陽不知什麼時候，鑽到田中葉叢裡去了，大地逐漸黑暗下來。

不遠處，嗆嗆的鑼聲，咚咚的鼓聲，隱隱約約地傳來，似乎向我們召喚。

「噯！我們到前面去抽支籤，問問菩薩，我們會不會考上學校？」許立人指著門前掛著燈籠的「指迷宮」，末了加上一句：「順便問問我今生今世能娶幾個老婆？嘻……」

「兔崽子！以後你能娶到一個番婆，已經算是你的造化了。」

「對了！當時你們一夥去求籤，菩薩怎麼說？」那時我弟弟找我回家吃晚飯，沒跟他們去。

「那些籤文看了等於沒看，咬文嚼字的誰看得懂？」李敏雄喝了一口咖啡說：「好在時間給我們答案，歲月讓我們成熟，我們總算過來人了。」

「對呀！成熟要付上代價的。」坐在右手邊的劉光

雄，一付老神在在的樣子：「我對失戀的兒子說。別那麼愁眉苦臉，好像世界末日到了。時間會醫治你的，這是老爸的經驗。」

「你還信耶穌麼？」我轉過臉來問呂恩生。

記得當時去廟裡求籤，除了我以外，只有他沒有去。他說我依靠主耶穌，祂會帶領我前面的道路。

「當然還在信啦！」

「怪了！」「孫猴子」尖叫了起來：「我這一輩子，經過人生各種痛苦，想信各種宗教都信不起來，你是怎麼信的？告訴我。」

「認罪悔改，憑信心相信。」呂恩生說。

「可是我就是信不起來呀！」「孫猴子」急得直跳腳。

「時侯未到，時侯到了，妳信得也許比我們更虔誠。」翟純蘭這時候也加入我們談話陣容：「以前別人勸我信主，我都不信。」

「孫猴子」好像掉落河裡，看見一塊木板，趕快划過來：「後來妳是怎麼信了呢？」

「後來孩子們大了，都合乎我們理想地考上高中、

　　大學。這棟大廈炫耀地矗立在黃金地段上，我們夫婦都是醫生，錢不用愁，地位也有了，過去所追求的都追到了。」

　　我瞄一眼，看見大家都集攏來，聽女主人講她的見証。

　　「有一天我親愛的媽媽去世了，我傷心了好幾個月。當我頭腦逐漸清醒時，我開始思考媽媽到哪裡去了？我將來到什麼地方才能找到她呢？人的歸宿在何處？」

　　我們看到翟純蘭的眼中泛起了傷感：「金錢不能回答我，地位不能幫助我，知識學歷都指不出方向，我感到一無所有。這時才覺悟，過去所拼命追求的，不過虛榮一場，面子好看而已，我連自己往哪裡去都不曉得。於是我開始認真地尋求神。」

　　「孫猴子」盼望快點抓到那塊木板，急忙問：「妳找到了？」

　　「耶穌說：凡祈求的就得著，尋找的就尋見，叩門的就給他開門。」呂恩全代翟純蘭回答。

「為什麼這個門，那個門，我都打不開呢？」

「妳叩祂的門，祂實在門打開了。問題是妳沒有打開自己的心門，讓祂進來；妳只敲人家的門，忘了也要打開自己的心門。」

翟純蘭把那塊木板遞給她：「聖經上說：看哪！我站在門外叩門，若有聽見我聲音就開門的，我要進到他那裡去，我與他，他與我一同坐席。」

這時，牆上的咕咕鳥鐘，伸出頭來：咕咕咕……連叫了九下。

「該散席了。」劉光雄嚷著：「明天大年初四，要正式上班咧。」

累了主人全家大半天，實在不好意思，大家早該告辭的，天下沒有不散的筵席。

有人提議：明年春節擴大舉行。這一年內，遇到老同學，請大家告訴大家，有這麼一個同學會，務必參加。

別忘了有空去尋找沈芽芽，慰問劉明芳。

最後全體合影留念。「班長」說：「請小姐們在前面，男士們站在後面。」

　　「拜託！」有人大聲抗議：「這兒哪裡有小姐？都是小姐的媽、小姐的奶奶。」

　　眾人都笑了。

　　三十年光陰，如朝露，似輕煙，過水無痕，一瞬間飛逝無蹤。

　　（原載75年12月21日22日台灣新聞報西子灣副刊，稿費四仟五百元）

報恩

　　像我們這種吃武行飯的人，最怕受傷。不幸在一次拍電影打鬥當中，從山坡上摔了下來，脊椎骨受傷，躺在醫院裡，動彈不得，血壓隨著醫藥費直線上升。

　　十九歲的大兒子，雖然考上了大學，沒錢去註冊，他要求休學，賺錢養家。

　　自己是活生生的例子，年青時不好好唸書，走上武行的路，落得後半生殘廢，一身債務，說什麼我都不願兒子步上自己的後塵，可是醫藥費、註冊費到哪裡去籌呢？該借的都借過了，該還的尚未還。

　　正當愁腸百結，一籌莫展的時候，一個陌生人，帶著一束鮮花來到床前。

　　「劉大哥，不認識我了？」

　　我望著這個喊我劉大哥的人。他戴著一付金絲邊的眼鏡，斯斯文文的外表，與我平日來來往往的，粗裡粗氣的哥兒不搭調，似乎從未見過這號人物：「你貴姓？」

「我姓尚，名春生。我們是同一眷村的人。小時候在成功路河邊游泳，有一次溺水，你救了我，記不記得？」

「我離開眷村二十多年了，小時候的確喜歡，在成功路河溝中游泳，時間隔得太久，我記不起來曾經救過誰？」

看我一臉茫然。他從脖子上掏出一條紅繩，繩子底端掛著一面錢幣大小的白玉：「您記不記得這個？」

「記得，這是家母給我掛在脖子上的，說是會帶來好運。」我不解：「怎麼會跑到你的脖子上去呢？」

「大概您救我的時侯，在水中我雙手亂抓，把您頸項上的紅繩扯斷了。回到家裡，才發覺手中握著一塊白玉。」

他停了一下，繼續說：「第二天放學後，遠遠的看見您們高年級同學跟人打群架，我追過去，想還給您這塊玉。這時，忽然警車開到，將您們抓走了。從此以後再也沒有碰到您。」

「我被關了一個月，出來不久當兵去了，服完兵役，又到台北闖天下，這麼多年，很少回高雄的眷村。」闖了大半生，了無成就，我感到很疲倦。

「我一直關心您，尋找您，您曾經救了我的性命，我盼望哪天能遇到您，親口向您說聲謝謝。可是茫茫人海，一直沒有您的消息。」他說：「有一天，我看一本過期的雜誌，從一篇報導武術演員，生活情形的文章中，發現了您的名字，我像找到了失散多年的親人。經多日輾轉打聽，才曉得您住在這家醫院。」

從閒聊中得知他已舉家遷往美國，這次回台是代表公司接洽生意的。他將紅繩套向我的頭頸時說：「它曾帶給我好運，使我讀書就業一帆風順，如今物歸原主，希望它也帶給您好運。」

我苦笑一下，我這殘廢的身軀，還有什麼好運？想到兒子的註冊費，我的醫藥費，血壓又升高了起來。

他走後，我獨自躺了一會兒。

妻從家中煮了一鍋魚湯，帶來給我進補。餵了一半，妻拿湯匙的手，忽然停在半空中，眼睛突出，像魚眼。

「看什麼？」我發現她那雙魚眼，呆呆地盯住我的胸前。她把湯匙和碗放下，一把握住掛在我胸前的那塊小白玉。

「這塊羊脂玉從哪裡來的？」

「我媽媽小時候給我掛的，被朋友拿去了，剛才還給我。」

「我舅媽有一塊這種羊脂玉，價值連城哩！」

妻的舅父開了一間玉器古物店，她對玉有點概念。我只是掛著好玩的，誰料到它是財寶？

我們把那塊玉賣了四十萬元。

如今事隔六年，兒子大學畢業了，我雖然拄著拐杖才能行，但希望在我有生之年，於芸芸眾生中，能找到尚春生，向他致謝，他實在救了我的家庭。

因為我曾向母親求證羊脂玉的來源，是不是我們家的傳家之寶？

「我們這種窮苦人家，哪有什麼傳家之寶？我給你帶的，是我在南京雨花台山腳下，撿到一塊有斑點的白石頭，不是純白的，更不是什麼羊脂玉。」母親最後說：「尚先生是好人，你曾救過他，他是存心幫助我們的。如今我們受了人家的恩，一輩子不能忘呀！」

（原載於80年7月3日台灣時報台時副刊。稿費1040元）

奴才不才　皇上請息怒

　　我的姑丈是一位唯我獨尊的皇帝，誰站在他的身旁，誰就是宮裡的奴才，一切聽他的旨意。他有一千年的怒氣，吐在你的臉上，你得幻想，那是六月火傘高照下的一陣涼爽清風，否則他源源不絕的罵聲送達，你除了耳聾，還得裝啞。

　　看倌！你說我們這批奴才日子怎麼過？蒙上帝特別啟示，除了忍耐，還是忍耐。

　　我們這批奴才，是上帝特別挑選出來的選民。他的兒女，都是經過專業的軍事磨練，我們這批親戚晚輩還在訓練基地接受調教中。

　　皇后早在二十年前氣死了。三男兩女翅膀長硬了，請調的請調，移民的移民，嫁人的嫁人，飛得一隻都不剩，整個皇宮深苑由他一人獨居。

　　兒女們每天都要打電話恭請聖體龍安。他的大兒子某次住院一週，大媳婦需公司、家庭、醫院三頭跑，跑昏了頭，忘了打電話這件重要大事。

　　結果皇帝下詔，被列為拒絕往來戶。兒子媳婦跪在宮門外，請求原諒他們一時忙亂而致疏忽。皇上除了隔著宮門大吼：「滾回去！滾回去！我沒有你這個兒子！」外，還噹噹地敲著兩把菜刀，再不滾，老子就開鍘了。

　　此後，大兒子打電話去，他掛斷；郵寄去的每月孝敬金，全被退回。他向親友訴苦說：「夭壽唷！生了這個不孝子，不打電話給我，也不寄錢養我，我要告到法院去。」說到做到，他真的去了。對方說這裡是戶政事務所，不是法院，他白花了一趟計程車錢，還沒弄清楚：戶政事務所不是什麼都辦嗎？為什麼不辦理兒子棄養？豈有此理！氣死老灰！

　　你想晉謁他，絕對省不了這道手續：必須先電話稟告，得到聖諭恩准才能進宮。如果你省略這道手續，冒冒失失地闖入禁地，準被他轟了出去。

　　就連他住院，親友好心來探病，也引起他的憤怒：「沒有事先得到我的允許，誰叫你們來的？回去！回去！」有人沒摸清楚他的脾氣，還站著不走，他拿起床邊桌上的鋼碗，乒乓一聲，狠狠地摔在訪客腳前：送客！

　　那隻鋼碗可是他住院吃飯的傢伙。因為我家離醫院最近，三餐伙食，歸我打點。每餐稀飯要盛多少，必先請示，用筆在鋼碗外做個記號。加多加少都會招來一頓臭罵：「你怎麼聽不懂我的話，為什麼盛這麼多（或少）？」

　　皇帝住院期間，滿漢全席概免，一切從簡，只有魚鬆和麵筋。有天我看麵筋快吃完了，好心請示他：「我幫你買罐麵筋，好不好？」

　　又惹了他老人家的火氣：「我要買會跟你講，我不講你敢替我買！」

　　我一眼瞄見床頭櫃的那包衛生紙用完了，但我不敢再吭聲。他想上大號，一摸紙盒，裡面空空如也，他一面走向衛浴間，一面向我下達聖旨：「呆站在這裡幹什麼？還不替我買包衛生紙來！」

　　我閃了出去。聽見他大力地敲著衛浴門，碰！碰！碰！下達命令：「喂！裡面的人客呀！你給我趕快出來，我快凍未條啦！」

　　他怕痛，除了看門診，一輩子不願住院，雖然攝護腺腫大，醫生三番兩次，要他住院開刀，都被他一口拒絕。

　　這次能夠躺在病床上，還是半夜昏倒在家，穿著單薄的內衣褲，被寒流凍醒了，呼喊左鄰右舍，在半昏迷中被送進了醫院。

　　現在能夠走路了，又吵著打道回宮。不但罵我、罵護士小姐，連鄰床病人不堪他怒氣，也和他吵了起來。我對他說：「你罵我們都沒用，要出院必須經過醫生的同意才行，罵我們白罵。」

　　醫生來了，溫柔地跟他說：「老伯！你現在白血球、血小板、血紅素都不夠，回去後很危險，又會摔跤。醫院病房一床難求，我也不願你沒病佔著病床呀，實在是不能出院。」

　　「我不管什麼球、什麼板，我要出院就是要出院。」

「可是你的病沒康復，站在醫生的立場，不能讓你出院。」

他從床上把點滴針頭拔掉，躺在地上：「不要你雞婆，今天不讓我出院，我就死在你面前給你看！」

醫生也被激怒了：「好吧，人的忍耐有限，既然不聽勸，偏要出院，那麼你簽自願出院切結書，我讓你出院。」

姑丈大人輸人不輸陣：「我八十五歲還怕死？簽就簽！」

八十五歲的老人，腸子裡面的氣，肝臟裡面的火，怎麼像繫根紅彩帶的鳳梨，旺來旺來，越燒越旺，越來越多呢？奴才白活了六十年，還真搞不懂。二十一世紀的你，能解開捆綁他心靈的基因密碼？

（原載於90年3月13日自由時報花編副刊，稿費2100元）

初戀的滋味

　　她低著頭，走進會堂，找個後排的角落位置，靜下心來。一抬頭，瞥見領會的弟兄，一面帶領大家唱詩歌，一面一隻手在半空中，打著節拍。

　　她低下頭，再度禱告起來：「主阿！我該怎如何是好？我逃到天涯海角，他仍然在這裡。」

　　雖然眼睛閉著，那隻手卻在她眼前揮舞，不用看，她非常熟悉他隨著樂曲節拍，手在半空中飛揚的情景。

　　跟他在同一個團契，大夥像哥兒們般地談著、打鬧著，一起練詩歌，一同參加營會，一票人共赴郊遊，熱熱鬧鬧地高興極了！

　　漸漸地，她發現自己高興不起來了，因為只要哪天沒見到他，她就有失落感，而且這種沉甸甸的感覺，好像石子投入湖心，一波波地擴散開來，淹沒她整個人。

　　學校的功課一落千丈。因為書本裡漂浮著他炯炯有神的雙眸；窗外行人道上，似乎有他騎著單車，逐漸遠

去地身影；夜靜孤燈下，隱隱的嗅到他在身旁呼吸的氣息；下筆時，寫的盡是他的名字……

忘不了他的純真和善良，以及他唱詩時，總是一隻手打著拍子的可愛模樣。

有一次她好奇地問：「你手不打拍子，唱不出來嗎？」

他俏皮地回答：「好像是吧，妳們是用歌聲頌讚，我是用手伴奏讚美。」

思念充滿生活，生活在思念中。

她快急瘋了，勇敢向他表白吧！他喜歡我嗎？我是十七歲的小女生耶，怎能啟齒呢？

某次與他單獨相處的機會，她故作輕鬆地問：「團契裡面，你有沒有喜歡的女生？」

「神經哪！我高三了，哪有時間作白日夢？書都唸不完。」

這就是她內心向深山幽谷吶喊的回報，只有自己聲音的傳遞，沒有半點他的共鳴。

答案終於揭曉了，自己在他心湖中沒有一絲投影。

此時，會眾在唱她非常熟悉的一首歌。

「除祢以外，在天上我還能有誰？除祢以外，在地上我別無眷戀。除祢以外，有誰能擦乾我眼淚？除祢以外，有誰能帶給我安慰？雖然我的肉體和我的心腸，漸漸地衰退，但是神是我心裡的力量，是我的福份，直到永遠。」

她用紙巾擦乾了淚水，挺直腰桿，睜開眼，那隻手仍在講台上指揮著。揮手的是一個陌生的弟兄，放眼望去，盡是陌生的面孔。

這是她第一次踏進這間教會。她要靠主過一個全新的生活，一個遠離他的自由生活。除神以外，別無眷戀。

（原載90年6月15日論壇報，稿費614元）

雄中11组

　　以「聖誕禮物」聞名於世的美國作家歐亨利，另寫了一篇「二十年後」。文中描述兩位從小在一起長大的青年好友，相約二十年後，在紐約某分別之地，再重相聚。

　　當兩人信守誓言，到達約定地點，讓讀者看到，一位是寶石滿身掛的通緝犯，另一位是正直無私的警察。二十年的光陰，塑造了兩個不同典型的人生。

　　高雄中學四十年前（兩個二十年），高一高二同窗的十一班同學（以前是高三分散，各自選擇甲乙丙丁組，不同現在從高一先填好一二三類組），於九十年九月初，相聚於高雄晶華酒店三十九樓。真有浮雲一別後，流水四十載之嘆。

　　四十年的歲月，各人際遇如何呢？經統計，同學中有教授、校長、老師、醫生、航空人員、董事長、經理等。總算沒砸掉雄中這塊金字招牌。

　　是日參加同學二十四位（二十一位失去聯絡），眷

屬十七位，共四十一人歡聚一堂。有人遠從海外專程回國參加，導師杜麟先生，即是千里迢迢，由美國風塵僕僕趕來。

一見面，有人輪廓依舊，有人就得請教尊姓大名，「問姓驚初見，稱名憶舊容」，因為變得太多，跟從前清秀俊雅對照不起來。「塵滿面，鬢如霜」，是今日的寫照。

用餐時，一面認人，一面敘舊，談起一幕幕往事，令人低迴不已。

一般舉辦同學會，以吃飯聊天為主，飯畢即莎唷哪啦！

我們這次同學會，經王俊雄、黃玉仁、葉淡江等人經心策劃，捧出道道不同凡響的節目，從中午十一點，開到傍晚五、六，才依依不捨地互道珍重再見。地點包括飯店、雄中母校、老校長家。四十年相思，剪裁成心靈半日遊。

當大夥飯飽酒酣之際，重頭戲才開始，先恭呈紅包一個給導師，以表不忘從前教誨之恩。主持人葉淡江不忘幽默一句：「景氣不好，我們只買得起金戒指一枚，

聊表寸心，等日後景氣好轉，再補您大鑽戒。」引得哄堂大笑。

目前是科技時代，事前黃玉仁發函給大家，籲請同學提供當年在校時的大頭照、團體照、郊遊照等，以及四十年來闔家照片精華，附簡要說明寄給他。王俊雄是發起人，數度到雄中資料室，翻箱倒櫃尋寶。二人將各類照片掃瞄成JPG檔，並作了本班專屬的網頁。

當大型螢幕，打出雄中校歌「台灣良港，首屬高雄，巍峨黌舍，是我雄中……」四十年未唱，一時大家愣住了，導師是教音樂的，他起音，帶領大家興奮地把整首歌唱完，有人眼內泛著淚光。

接著播出校史沿革。我們才曉得，母校創建於民國十一年日據時期。三十六年九月改稱台灣省立高雄中學（原招收初中部、高中部，五十一年八月實施省辦高中，初中部停止招生），六十八年七月高雄市升格為院轄市，再更名為高雄市立高雄高級中學。

歷任校長中，以王家驥校長在職二十四年最久，三十七年九月服務至六十一年九月退休。現任校長為潘輝雄先生。

　　現在班級共七十八班,學生三千七百餘人。為高雄市歷史最悠久,也是台灣地區校譽卓越的高中學府之一。

　　續打出昔日的大禮堂、音樂館、圖書館等,現都拆掉改建大樓。游泳池由校園西南角遷往東北角。舊圖書館後面一池荷塘,第四、第五棟(二棟同排,並非一前一後)教室後面半畝蕃薯田,一片綠草,都消失無蹤影,更別提火車鐵軌對面,波浪翻騰、無邊無際的稻田,現今都由水泥森林霸佔,高矗的大樓,把半邊天空的夕陽彩霞,都給攛出去了,「夕陽冉冉春無極」,只得從照片中,撿拾殘斷,追憶憑弔。

　　鏡頭一轉,出現九十四高壽的王老校長。人曰北京大學有蔡元培,台大有傅斯年,雄中有王家驥,皆為傑出教育家,風範永垂不朽。接下來順序出現杜麟導師、李季蓀班長(當年以全校第一名保送台大)、同學們同窗共硯的各種生活照,包括民國五十年赴台中市,參加全省音樂合唱比賽,奪得亞軍,同學們賽後泛舟台中公園湖中,一幅搖搖搖,搖到外婆橋的憨厚模樣。高二下時歡送裴正泰(後改姓繆)入伍當兵,一一泛黃出現。

當螢幕播放五位已逝世同學，昔日學生時代的照片，「人生聚散如萍」，令人懷念不已，尤其看到我的好友楊利華，「獨留青塚向黃昏」，更令我難以釋懷。他畢業於台北師大體育系，先後任教於雄中及高雄正修技術學院，前年肝癌逝世，如今物是人非，「函書欲寄何由達，水遠山長處處渺」，只能夢裡尋他千百度了。

最後由參加這次餐會的同學，一個一個上台，對著正播出的照片，介紹家人及四十年來的生活點滴。

第一位上台的是陳永海，他目前住美國，自營公司的負責人，照片中洋溢著「我的家庭真可愛，整潔美滿又安康」的氣息，曾招待洋鄰居來家作客，全家一面演奏音樂，一面敦親睦鄰，目前他常赴大陸醫療佈道，是個蒙上帝賜福的人。

李玉潔是國中英文老師，現已退休，醉心攝影，照片中盡是荷葉蓮花，「纖纖池塘飛雨」，朵朵含苞蘊珠，幅幅飄逸脫塵，美不勝收。

蔣勇一是國中校長，照片旁自書「流氓教授」，「大尾校長」，他是一個幽默風趣的人物，人到哪裡，歡笑就帶到哪裡。他在台上說，曾志朗是他高三同學，

二人是班上的一對寶，沒想到現在一個任教育部長，一個當校長，他們這種嘻嘻哈哈的人，要他們正襟危坐，正經八百，正如曾志朗擔任陽明大學校長時，從不打領帶，現在脖子上綁條繩子，真不習慣，憋死人，上天也會作弄人。

薛川流回憶在雄中時，常常溜出校外，有一天照例從狗洞爬出去，怎麼天空一片漆黑？原來教官拿一個麻袋，等在洞外，他頭一伸出去，套個正著。今天他是某半導體公司的董事長。他繼續掀自己的底牌，有一次與客戶談生意，聊著聊著，發現二人都是交大研究所的同學，驚奇的是彼此還是同一個指導教授哩！對方問：「我怎麼沒見過你？」答曰：「在下只有考試和補考才回學校，來去匆匆，我也沒注意到誰是誰？」對方一巴掌拍過來：「我也是呀？」

黃銓華說，剛才看到各位同學全家福照片，多有黃花閨女待嫁，在下犬子英俊瀟灑，如不嫌棄，歡迎私下聯絡。他目前代理美國某名牌健康食品，不愧為「直銷」高手。

　　高金元在校時是位帥哥，十年河東，十年河西，今天他頭髮稀疏，彎腰駝背，比導師還「老」。他感嘆地說，他一生沒有別人亮麗光彩，病痛折磨著他，似乎被命運逼到陰翳的一角，卻在黑暗中，發現了光，信了耶穌，找到人生最美麗的東西，平安與喜樂，肉體雖然衰殘，內心卻一天新似一天。

　　最後一位上台的是「老兵」裴正泰（現改姓繆），他說葉淡江剛剛唸了楊慎的名句上半截「滾滾長江東逝水，浪花淘盡英雄，是非成敗轉頭空，青山依舊在，幾度夕陽紅」，我把下半句也接起來「白髮漁樵江渚上，慣看秋月春風，一壺濁酒喜相逢，古今多少事都付笑談中」。以上道盡了天地的永恆，與人生短暫有限，世上榮華富貴，我們都追逐過了，不論到手與否，都已過眼雲煙。我盼望我們今後把目光從地上，轉向天上，為未來打算，由短暫延伸到永恆，信耶穌能使我們生命，存到永永遠遠，希望將來在天國再相聚首，永不分離。

　　報告完畢，電腦關掉有人以為下課了。稍等咧！又有新花招端出來：選拔十大傑出獎。

一、最佳土石流獎（也稱最佳絕頂聰明獎）——四十年時光淘盡，比誰最禿頭。

二、最佳舉足輕重獎——比誰的噸位最重。

三、最大寬宏大量獎——比誰的腰圍最粗。

四、最佳冠軍爺爺獎——比誰最早當阿公。

五、最佳冠軍婆婆獎——眾家牽手中，誰最早升級當阿媽。

六、最佳老來獎——比誰晚來得子或女，陳永海以女兒才十二歲獲獎。

七、最佳外交獎——比誰的媳婦或女婿是外國人，由黃玉仁獲得，因為他的女兒嫁給英國人，媳婦是香港人，徹底地球村國際化。

八、最佳阿扁獎——比誰最排，體重最輕。

九、最佳女人緣獎——比誰接觸女人最多，結果由擔任婦產科院長的王俊雄奪去，因為他的手接觸女人最多。

十、最佳德高望重獎——比誰的白髮最多。

　　這十項選拔比賽，的確輕鬆逗趣，招來笑聲連連，在一片歡樂聲中，筵席譜上休止符號。

　　大家調防轉移陣地，返回母校雄中拍團體照留念。此時已是下午四點，於是兵分二路，一隊是由國外專程回國的同學，由導師帶領，前往王老校長府上拜訪；一隊由現任雄中數學老師的方為清率領，環繞校園一周，重溫舊夢。

　　走著走著，我憶起多少個黃昏，我坐在第三棟教室前的樹林裡，靜靜聽著遠處傳來，一首優美的小喇叭奏出的「藍色的憂鬱」，觸動我年少的心弦，聲音是由音樂館溢出，飄散在寧靜的校園中。

　　仰望著今日的藝能館、弘毅樓，忽然這些高樓建築物消失了，映入我眼簾的，是一整排全屬平房的音樂館，披著半圓拱弧型的水泥屋頂，屋前是條鋪著紅磚的大道，道路兩旁，站著一棵一棵的椰子樹，樹葉迎風招展。我們坐在館內教室裡，導師十指在鋼琴鍵盤上飛舞，隨著琴音節拍，全班同學一起合唱著「記得當時年紀小，我愛談天，你愛笑，有一回並肩坐在桃樹

下，風在林梢鳥在叫，我們不知怎地睡著了，夢裡花兒
落多少？」

（原載於90年12月20日台灣時報台時副刊，稿費2670元）

相親記

　　巷口的鞭炮聲驟地響起，接著一片吵雜聲、汽車聲把整條街沸騰起來。這已是這個月，第二次迎娶隊伍停在附近，有人大呼：「新郎來了！新郎來了！」

　　母親將陽台拉門關起，喧嘩噪音隔在外面。

　　「我問妳，怎麼沒有見妳帶個男朋友讓我瞧瞧呢？二十八歲啦，我像妳這種年紀，已經是三個孩子的母親了。」

　　我攬鏡自照，自己姿色不差。不是沒有人追過我，可是人家一再地按鈕發動，自己似乎缺少乾電池，總是不來電，迸不出一絲愛的火花。自己也曾調整頻道，心儀過二個男人，學學北一女的儀隊，耍了些花槍，對方沒反應，耍了半天還是摸不清對方的頻率？哎！我是女孩子耶，總不能自貶身價，把愛字遞到他的手上，說不定被人視為三八阿花，自取其辱。

　　總之，人家喜歡妳，妳不喜歡人家；妳欣賞的對象，對方不賞識妳。這感情道上，尋尋覓覓，劃著沒有結局的句點，一圈又一圈，回到原點。

　　經不起死黨小娟百般打氣和鼓勵，我終於答應與對方見面，說穿了，就是相親啦。

　　但是我擔心地說：：「妳陪我去，我又不認識他。」

　　「我明天公司加班，沒空陪妳去。」

　　我再擔心地說：「不要那麼急呀，為什麼選明天？」

　　「男方後天就回美國去了，只有明晚有空檔。」

　　「可是──」

　　「不要可是了，他是美國某教會的弟兄，長得高高壯壯的，挺有氣質唷，跟妳很登對，大家都是主內弟兄姊妹，隨便聊聊，作作朋友，怕啥？」小娟吞了一下口水，繼續說：「我叫他穿套藍色西裝，黃上衣，打條紅色領帶，手裡拿朵百合花，預備送給妳的。對了，妳穿上次吃喜酒穿的，那套紫碎花的洋裝，手裡拿本紅色封面的小聖經，我會跟他講妳的特徵。記住，不要告訴任何人，免得事不成被人背後取笑。」

　　一方面好奇，一方面訓練自己的膽量，我就依照小娟約定的時間地點，單槍匹馬地上陣了。

　　最近工作很忙，怕回家換衣股時間趕不及，只好早上出門時，隨手帶了一個大包包，把赴會的衣服和聖經，放在裡面。

　　坐計程車趕到約定的餐廳時，還好中原標準時間晚上五點五十分，比約定早到了十分鐘。這是間豪華氣派的大餐廳，室內屬於長方形，出入門就有二個。

　　坐下後，放眼四望，忽然餘光瞥見哥哥坐在餐廳的另一端。我趕快閃到一旁，換了一個哥哥看不到的樑柱後面的角落。沒料到第一次相親，碰到哥哥來「鬧場」，真是太巧合了。等一下不知怎樣向哥哥介紹對方？哎呀！死小娟！沒告訴我對方姓啥名叫什麼？自己糊里糊塗跑來了，笨啦！給別人曉得，豈不笑掉大牙？

　　廳內瀰漫著輕柔的交響樂，剛才播出的是首義大利民謠「妳是我的太陽」，曲調優美，輕柔中帶著浪漫；接著播出的是托斯利的Serenade，沉靜中揚溢著奔放激情。我浸溶在這些夢幻音符中，彷彿他挽著我，漫步在鮮花鋪滿的愛情道上，走向地毯的另一端。我把聖經放

在桌上，真企望他馬上出現在我眼前，與我同享這醉人飄然的音樂。

抬起頭，繼續搜尋我的「夢中人」。六點多了還沒出現，這個男士真是的，第一次約會就遲到，小娟吹他善良、誠懇又虔誠，怎麼不守時間呢？

也許下班時間塞車吧？自己二十鐘的車程，不是塞了三十分才開到？等吧！

再看看錶，長短針告訴我六點四十分，難道他找不到停車位？

廳內客人川流不息，眾裡尋他千百度，就是找不到那個穿藍西裝、黃上衣、紅領帶的人。

二個出入門看來看去，過盡千帆皆不是。

交響樂換了一首「少女的祈禱」，我的心情由飄飄然的雲端，滑落到路邊，好像一手提著殘花袋，一手提著破毯，望向響著少女祈禱的垃圾車。

忽然手機響了。

「吃飯了沒？」小娟的聲音。

「七點了，他怎麼還沒有來呀？」我滿肚子的火。

　　「怎麼會？」小娟不相信：「妳老哥一向很守時的。」

　　「我哥哥？」我從柱子後面探出頭來，向哥哥座位方向望過去。我的天！哥今晚穿的，可不正是小娟說的藍西裝、黃上衣、紅領帶的打扮！他傻呼呼的手中拿著百合花，焦急地東張西望，我看了差點昏倒。

　　「不要生氣，今天是愚人節，祝你們二個大笨蛋愚人節快樂！」聽筒裡傳來一大票人，嘿嘿嘿地笑個不停。

（原載於90年4月1日台灣時報台時副刊，稿費1230元，是日適逢愚人節）

飄落的學府風光

　　約四十多年前，各報紙曾紛紛開闢「學府風光」、「學校生活」等版面，提供各校學生投稿，以短文描述在各校中的種種趣聞，稿費每則五元。猶記得當時一碗陽春麵是二元。

　　筆者當時唸大學，常常為陽春麵投稿果腹。近日覓得舊作數則，時光回轉，特抄錄如下，冷飯重炒，以饗今日讀者。

　　○為了同學會的「公事」，往女生宿舍拜訪康樂股長，由於筆者第一次敲女生大門，未免「噪音」過大，想不到竟招引了附近男同學集體「白眼」。唉！偏偏左敲右敲佳人不在，窘得小生差點「昏」倒繡房前。至今餘懼猶存。

　　○區區斗室，塞上八條好漢，總算熄燈之後安靜下來。千數萬數，不知數了多少隻小白羊，才把瞌睡蟲數來。剛入夢，驀地天搖地動，似一陣七級大地震，恐

怖之至！待在下心魂歸元，六神清醒，始知乃下鋪「阿胖」翻身也。

○ 註冊時，「基督徒報到處」、「天主教徒報到處」同室掛牌，比鄰而坐，好在兩家門前皆可羅雀，因此你別笑我，我也不笑你，咱們「大哥二哥生意買賣差不多」。

○ 這次與某女校的佳麗們，喝著十二月的西北風，豪興不減的同遊海濱。老曾歸來後即一病不起。感冒病倒有藥可治，但那「相思病」可夠他受的啦！

○ 工程館前的路燈，昨晚「休睏」了。夜間部的小姐們，步行至此黑暗地帶，皆把水泥地「敲」得咯咯響，推其用意，不外「警告」男士們，如歪想「混水摸魚」，哼！小心老娘的高跟尖鞋。

○ 就因為本校女生稀少，那幾朵「花兒」，個個物以稀為貴，為了名花共賞起見，同學間有句口號「講究公德，只可看不可採摘」！

○ 期中考，學校採行未來核子大戰用的「散兵制」，即每間試場，同班同學只有八員，且遠遠分散

著。此陣一擺,雖諸葛亮再世,拿破倫復活亦嘆技窮!無怪乎同學個個那麼「遵守校規」。

○小姐注重身材保養,就怕胖。日昨陪女友到保健室量體重,只見她站在磅秤上,左瞧右看半天不下來。在下等得不耐煩,脫口而出:「哎!這也不是在菜市場秤『豬肉』,何必斤斤計較,錙銖必算呢?」氣得她二個禮拜不跟我說話。

○本班怪名特別多,例如蔡秀庸是個先生,馬肇順則是位嬌滴滴的小姐。經濟學老師點名點到黃世玉時,不得不慎重問我們:「這位是男的還是女的?」大家七嘴八舌地回道:「太監,太監!最後一個太監!」

○辦公室的吊風扇壞了,系主任囑我速請廠商來修復。我打電話過去,對方答覆馬上來,我連打三天,他也連連回說馬上來,最後我不得不慎重問他:「已經第四天了,你仍騎在『馬上』嗎?」

(原載於93年1月15日台灣時報台時副刊,稿費845元)

漏網之人

　　每當我看著手腕上，戴的這只老手錶，時光似乎倒流，流到二十多年前的某日。

　　從上午七時上班到現在，我有點累，眼皮不時跳動，忽然一張紙條，跳進我視線內，「打擾你，我是一個啞吧，又是第一次搭乘飛機，請幫我辦手續，帶我登機，並且打電話到台北，請我的未婚妻到松山機場接我，可以嗎？」

　　我抬起眼皮，一位誠懇的年青人，站在櫃檯前面，英俊的臉龐，一雙深邃的黑眼眸，炯炯有神地注視著我，在我疲倦的眼珠中找答案。

　　「當然可以，你的機票、身份證和你未婚妻的電話交給我。」我在紙條上寫著。

　　他遞給證件和未婚妻的名片。

　　我辦好手續，繼續寫上「你從高雄到台北做什麼？」

「結婚，明天晚上結婚。」

我打了一個手勢，好像春節大家見面時，雙手抱拳作揖，表示「恭喜」的樣子。他對我一鞠躬，算是「謝了」。喜氣洋洋的跟在我的身後。

走到內候機室，裡面人潮洶湧，包括其他航空公司的旅客，座位幾乎坐滿了人。

時間對某些人來說，是難以打發的無聊。但對這群旅客來說，盼望四十五分鐘的時間，引領他們一步跨到台北。

這時擴音器播報本公司的班機，因調度關係將延誤半小時起飛。我還有其他工作要處理，留個字條告訴他「班機延後半小時，半小時後聽到廣播就登機。」

在候機室內又遇到劉董事長，他是熟客，每個月好幾次跑到台北洽談生意，是位成功的企業家。今天不是為業務，而是送兒子到台大註冊。我恭喜他們父子，並且拜託他們，坐在前面二排，那位穿藍色夾克的青年人是啞吧，等一下登機的時候，順便叫他一下。

回到櫃檯，不僅往台北的班機，班班客滿，往花蓮、往馬公的飛機也要兼顧，那個下午，簡直忙瘋了。

　　站長神色沉重地向我們宣佈，剛剛下午三點延到三點半的飛機出事了，摔掉在三義鄉。所有同仁一律不准下班，以便等一會兒，應付記者和空難家屬的電話查詢。

　　果然啞吧的未婚妻請我接電話，問我她的未婚夫，是不是搭乘這架出事的飛機？

　　我抱歉地說：「是的。」

　　她從電話那端，當場哽咽地悲哭出來；接著好像被滾熱的開水，澆到身上似的一聲慘叫！嚎哭得喘不過氣來，這是另個人的聲音，是啞吧媽媽的，久久才斷斷續續地吐出來：「我只有這麼一個獨子，以後叫我怎麼辦？」

　　聽到她們的哭聲，我只能陪著流淚，人的命運，豈是渺小的我能解答出來的？

　　各有前途、各有所夢待摘的生命，一瞬間隨著飛機的墜落，紛紛劃卜缺憾的休止符。

　　我從褲袋裡掏出啞吧寫的字條，龍飛鳳舞、活蹦亂跳的字跡，竟化成冰冷僵硬的遺言了。

掛完電話，我到機坪，接花蓮飛回高雄的班機。

經過內候機室，突然有人從背後拍了我一下，嚇了一跳，回轉身，我的雙目瞪得快「飆闖」出來了：是啞吧！

我抖著手歪歪斜斜地在字條上塗鴉著：「你怎麼沒上飛機？」

「我耳朵聽不到廣播的聲音，不敢亂跑，等你帶我去登機，等到現在。」

我趕快撥電話給他的未婚妻：「明天的婚禮照常舉行，妳的未婚夫仍在高雄機場，我叫計程車載他回台北，錢我來付，算是我的賀禮！」

一週後，啞吧帶著他的新婚妻子來機場拜訪我，送我一只精美的手錶，因為他家是開鐘錶店的。

我對啞吧寫著「你是那班空難飛機中，唯一的漏網之魚。」

他回寫「死亡的網，網不到我，因為上帝保護我。」

（原載於93年3月9日台灣時報台時副刊，稿費945元）

芳鄰劉大姊

如果用公里來量，這個地球太大了，量得手酸腳軟，一輩子都量不完。可是偏偏在某個地點，驀然回首，多年不見的老友不期而遇：「哎呀！上次我們在北京旅遊碰到，沒料到這次又在紐約餐館相逢。這個世界太小了，走到哪裡，都撞到熟人。」

豈止是熟人？連生人，兩個不認識的人，也會藉著一根不相干的線，牽在一起，被月下老人送作堆，結為夫妻，你說這個世界奇妙不奇妙？

別的不提，我家芳鄰劉大姊，就是一個活生生的例子。

她那年五十出頭，孀居在加州，跟女兒女婿同住，本以為此生「等吃等睡等死」，作「三等」公民。

有天感冒，找附近的中國醫生看病，話匣子一打開，彼此是廣東人，他鄉遇故知，愈聊愈起勁。

　　醫生說：「妳長得這麼漂亮，我有位老師，前不久喪偶，想續弦，我幫你們介紹介紹，好不好？」

　　男方是大學教授，又跟人合夥開家醫院，條件好得沒話說，簡直打著燈籠無處找，竟不費吹灰之力，送上門來。

　　大姊心想，這幾年「過盡千帆皆不是」，精挑細選，等的就是一條「大尾金龜」，皇天不負苦心人，五年的寡沒有白守，憑自己天生麗質，守寡豈不暴殄天物？

　　大姊紅著一張瓜子秀臉，故作害羞狀。女兒見機不可失，說：「好哇！」

　　彼此交換照片，男方斯文有學者氣質，女的臉蛋身材一流，真是天作之合，理想的一對速配組合。

　　經過數月通信，枯乾的河床，注入了一瓢一瓢的甘霖，竟氾濫成一江春水，向東流了。

　　沒多久，大姊獨自提個行李箱，穿越太平洋，飛到台灣，嫁給白馬老王子。

　　不怕你們笑，初到台灣，不會講國語，只聽懂老王子問她：「妳愛我不愛？」

　　「愛！愛！」這句詞兒，還是以前看瓊瑤國語片看多了，學了這麼一句，這時刻派上了用場。

　　語言不通，好在漢字通，香港人與台灣人都用繁體字，兩個啞吧，一起寫大字報，感情暢通無阻。

　　時間像小偷，冷不防，把你我的歲月，不知不覺地偷去大把，現在大姊已是七十歲了，當然國語說得溜，台語大半聽得懂。

　　我們這幾棟樓的大社區，她是個大姊頭，平日急公好義，看見地上有紙屑、塑膠袋、瓶瓶罐罐，她一一拾起，保持社區的清潔；哪家有婚喪喜慶，她一定捲起袖子幫忙；至於夫妻拌嘴、鄰居吵架，她總是到場排解。

　　她在香港曾任音樂老師，歌喉好，常約大家去唱卡拉OK，唱著唱著，她說我們為何不組織一個老人合唱團呢？當社區有活動時，可以上台表演。

　　為了聖誕節表演，她特別宣佈，男士們穿西裝打領帶，女士們穿裙子，不要穿褲子。

　　陳先生跟鄰坐的邢先生二人咬耳朵，邢先生爆笑起來，引起一陣騷動。大姊問：「你們有什麼好笑的？說出來大家樂一樂。」

邢先生站起來說：「陳先生問我，妳叫女士們不要穿褲子，能上台嗎？刮起一陣風怎麼辦？」

大家聽懂話中有葷話，跟著笑起來。

大姊也笑著說：「你們這批色鬼，都七老八老的了，滿腦子的歪念頭。」

每次社區辦郊遊，巴士的座位都是用抽籤的，以示公平。大姊坐在前頭或後座都會暈車，好在她每次都抽到中段的位子，但她簽六合彩卻摃龜累累。

日前去阿里山玩，大姊在登車前，照例抽籤，原本笑得燦爛的面孔，好像抽到蟑螂，臉色大變，驚叫起來：「怎麼會抽到後座呢？我沒準備塑膠袋，吐起來怎麼辦？」

我「好心」地說：「沒關係，我抽到的是中間的位子，跟妳換。」

她千謝萬謝地跟我交換籤條，一看，臉色又一變，追著我打：「你好壞！」

原來她仗著自己是主辦人，每次私下藏一個籤，握在手裡，假裝往箱中一抽，果然中間位置。

　　這次我趁她忙著別的事，偷偷把藏掩外衣口袋中的私房籤，換成我抽到最後排的籤。她不知調包，等看到我給她的籤，就是那支黑箱作業的籤，罵我是賊仔。

　　不久，她搬家了。合唱團解散了，郊遊不辦了，皆因各忙各的，缺乏一個振臂高呼，多管閒事的頭頭來帶領。

　　走過中庭，每次看到紙屑、塑膠袋隨地飛舞，不得不懷念起大姊頭來。

　　有緣使我們相聚，緣盡使我們分離。地球儘自轉著，世上並無新事，歷史循環公演悲歡離合。

（原載於93年4月30日台灣時報台時副刊，稿費1155元）

張媽媽的呼喚

　　退休後，我到教會作義工，專門探訪一些年長有病，不能來教會的會友，張媽媽是其中之一。

　　她今年八十四歲了。初次去時，她就問我：「怎麼好幾年沒有劉醫師的消息，他好嗎？」

　　劉醫師是我們教會裡，很有愛心的老弟兄，會友們有什麼病痛？常請教他，或到他服務的醫院掛他的號，他看得仔細又親切。

　　「他在美國，住在他兒子家。」我告訴張媽媽。

　　以後我每次去，她都會問：「他有沒有回台灣？」

　　起先我大聲說「沒有」。逐漸張媽媽聽力退化，我說沒有，她滿臉茫然，似乎聽不到，我只得搖搖手，表示沒有回來，她的臉色更黯淡了。

　　我想她大概以前給劉醫師看慣了，只有劉醫師了解她的病情，其他醫生開的藥，不見什麼療效吧。

　　我在教會突然看見劉醫師出現，我告訴他關於張媽媽的事，希望他去看看她。

　　他說回台灣要處理一些私事，忙得很，沒空。不久，又飛走了。

　　我大約半個月探訪張媽媽一次。漸漸知道她無兒無女，先生很早過世，她孤零零的生活了四十多年。

　　每次去時，我會幫她打掃一下房間，掛在牆壁上的那張發黃的舊照片，我都會把上面的灰塵撣一撣，那是張伯伯、張媽媽在南京時合照的照片。

　　我相信張媽媽很珍惜這張照片，我要撣得乾淨一些，鏡框玻璃擦亮一些。記得第一次擦玻璃時，有一小黑點擦不掉，最後才弄清楚，那不是灰塵，是一顆黑痣，長在張伯伯右眉毛上。

　　這張相片，是孤獨的張媽媽唯一的陪伴和安慰。

　　一年後，張媽媽終於告別了這個世界。

　　有一天我遇見張媽媽的侄兒。我問他，張媽媽臨終前有沒有說什麼？因為平常都是她侄兒帶她看病，在醫院照顧她。

　　侄兒不解地說，她臨死前，一直叫醫生，我們請醫

生來，她又揮揮手，表示不是，醫師走了，她又頻呼什麼醫師怎麼還不來？

我說：「她呼叫的是不是劉醫師？」

她侄兒恍然大悟地說：「對！她一直叫劉醫師、劉醫師……直到斷氣。」

過了三個月，我在教會又看見劉醫生。我說：「劉伯伯，您要早三個月回來，張媽媽可能有救了，她離世前還呼喚你，她知道唯有你最曉得她的病情，能醫治她。」

「是的，我了解她的病因，但我不能幫助她。」

「為什麼？」

「老實告訴你吧。我看她孤獨一人很可憐，所以她的病，我都細心看，用最好的藥開給她，我是以教會弟兄姊妹和醫師的立場關心她、照顧她，沒料到她竟然……」

我不解地問：「竟然什麼？」

「開始我也不知道，只傻傻的把她當作我的病人。有一天，我照例到她病房去看她，因為我事先請了三天假，三天沒去查她的病房。她一見我，怒氣沖沖責問我：「『死鬼』！你怎麼到現在才來？」

我插嘴說：「您可以告訴她，您有事請假呀！」

「我沒有回答，我吃了一驚。在我們老一輩人的觀念中，女人叫他死鬼，一定是她丈夫或親密愛人，才可以如此叫的，對別人不可以隨便亂叫死鬼的。」

我看見到劉伯伯臉上，有些不好意思地脹紅。他的國語帶著濃濃的南京口音：「我趕快退了出來。從此以後我不再替她看病，不再見她，為了躲她，我搬到美國跟兒子住。這個秘密連我太太也不知道。你以前找我替她看病，我不便說，現在她死了，我才告訴你不替她看病的原因。」

我每次出去探訪時，都跟邱弟兄兩人一組。當我把劉醫師的話轉告他時，他忽然想起一件事，對我說：「你有沒有發現？張伯伯年輕時的容貌，跟劉醫師修長而具有書卷氣的臉很神似哩！」

「哦——」我也發現新證據：「不僅二人輪廓神韻相似，並且兩人右眉上都有一顆黑痣，你有沒有注意到？」

（原載於93年6月7日台灣時報台時副刊，稿費1025元）

旅遊「良」伴

　　我參加旅行團到海南島去旅遊。在小港機場，導遊陳先生向我介紹說：「繆先生，你一個人參加，這位李先生也是，我安排你們兩個同住一個房間，彼此有個伴。」

　　我跟李先生握手閒聊，發現他沉默寡言，客客氣氣，彬彬有禮，不是那種有主見，很難相處的人，也就放心了。

　　到了海口市美蘭機場，大家領了行李，準備出關，發覺我的「同伴」丟了。跟導遊回頭找他，他正在領行李的轉盤前發呆，我問：「你的行李呢？」

　　他摸摸自己的腦袋還在：「我不知道哪一件行李是我的？」天大笑話！自己的行李，自己不認識？

　　他解釋：「我太太幫我準備的，我沒注意什麼樣子？」真是奇怪，從家裡提到機場的行李，什麼樣子不知道？

　　幸好，行李上掛有旅行社的貼紙，導遊幫他找到了。

　　投宿大飯店。洗完澡，要睡覺了。他一下鑽進當作棉被的毯子，一下又鑽出，反覆了好幾次，不知如何睡法？

　　我問：「你沒出過國，住過旅館？」

　　「有呀！我去過美國、加拿大、日本等地。」

　　「你怎麼不知道，把壓在床墊下的毯角抽出來，不成了蓋的棉被了？」

　　「以前都是我太太鋪床疊被，自己沒弄過，不曉得如何做？」

　　我的天！這種被太太伺候慣了的人，還在吃奶？離不開太太，太太怎麼放心離開這個老「嬰孩」？

　　那天導遊領我們進了油壓指專賣店，享受一下「馬殺雞」，舒解旅途的疲勞。出來後，我發現他褲子溼溼的。莫非他玩真的？看他這麼「老實」，真是看走了眼，得重新換副眼鏡才行。

　　我問他：「你被小姐『摸』上『火』了？」

　　「什麼火？」他瞪著牛眼，直冒著不解的金星。

「你屁股怎麼會溼答答的？」

「進去前，口渴，喝了500CC的冷飲。在冷氣房間裡，不久尿急了；我不好意思開口，讓我上廁所；忍著忍著，被小姐左壓右踩，尿就跑出來了。」

噢，冤枉了「好人」，只得陪他去買條西裝褲換上。

他太太沒跟在身旁，我莫名其妙地補了這個「肥缺」，成了伺候他的「臨時太太」。我沒有別的缺點，就是「心地善良」。

吃飯時，他非常客氣，只吃米飯，不好意思夾菜；我發揮「母愛」，幫他夾菜送湯，只差沒有「服務」到他口裡。

到了名勝古蹟，我要把他「帶在身邊」，一眨眼的疏忽，他會跟著別的旅行團後面走了。唉！你別問我海南島有什麼地方好玩？我在各遊樂區盯住他、找他，忙得無暇他顧，什麼「風景」都沒瞄到，白跑了一趟海南島，真是對不起自己這雙行軍腿！

他與我萍水相逢，無親無故，幹嘛管他死活？全怪我心腸軟，狠不下心「拋棄」他不管。

　　有一次，我們在大飯店游泳池裡戲水。他老兄游的不是自由式，也不是蛙式，而是失傳已久的狗爬式。年輕一輩沒聽過見過，五、六十年前，我們小時候在溪河中游的，正是這種絕版的招式。

　　只見他雙手在胸前划水，雙腳在後打水，像一艘快艇迅速向前衝進。我正要拍手叫好，說時遲那時快，他一頭撞向池壁，「砰」地一聲巨響，差點把人家牆壁撞個洞。

　　我趕快跑過去，把他「撈」起。幸好他在台灣跟阿善師學過鐵頭功，沒有頭破血流，腦漿四溢，只有撞出一個腫包。送他到醫院檢查，打了二瓶預防腦震盪的針。

　　這趟旅行，據我跟他日夜相處五天的「驚人發現」：他是某國立大學金融合作系畢業的高材生。當年大專聯考（當時不叫大學聯考，大學大專一起聯招），外界就流傳，閱卷教授夏天怕熱（當時沒有冷氣），大夥都是用電風扇「吹卷」的，試卷吹得愈遠的，分數愈高。現在跟他對照起來，這流傳真有幾分可靠性，否則，以智商來說，他怎麼會高分錄取，我卻榜上無名呢？豈不啟人疑竇？

　　還有，他軍官退伍後，曾到某初中「誤人子弟」二年。之後轉回本行，在公家銀行「服務」至六十五歲「榮退」，這麼多年平安無事，沒出過什麼差錯，真是奇蹟呀！

　　回到小港機場，他太太來接機，我見了他太太，忍不住嘆口大氣：「大嫂！妳怎麼放心讓他一個人出國，弄丟了怎麼辦？」

　　「放心啦，吉人天相，他這一世都有貴人相助，福大命大，你別為他操心，他總會逢凶化吉的。」

　　天下沒有不散的筵席。臨別前，他以「快樂頌」歡欣的口吻向我問：「啊，繆先生，下次我們去哪裡玩？」

　　還有下次？拜託拜託！你做做好事，讓我這條老命多活幾天吧！

（原載於94年4月4日中國時報浮世繪，稿費1800元）

紅包

　　我的退休金被朋友挖得快見底了，第一次被騙可稱為傻，第二次得冠上一個呆字，事不過三，我竟然過了，前前後後，被騙了三次，簡直就是白痴、大笨蛋一個！虧我還在社會上打過滾的人，過去數十年我在打混？怎麼一點經驗都掏不出來？古人曰：「害人之心不可有，防人之心不可無」我的書都白唸了。

　　唉！只怪我個性太直，頭腦不會轉彎。人家對我好，我就會感動得忘了我是誰？肝膽塗地，一股腦兒地信任他，還自封如關雲長般有情義的漢子。沒計算別人是虛情假意，那些「好」，不過是魚餌，釣你上鉤。我竟又傻、又呆、又白痴，整座包廂全包了，讓人竊笑不已。三次上鉤，就差上吊，奏哀樂！聖經上說「萬事互相效力，叫愛神的人得益處」，我雖然不夠格列入愛神的隊伍，但神仍然愛我。

　　我在美國的內弟陳邦助，春節前雪中送炭，寄給我六位數字的大紅包，令我眼眶紅了起來。

　　除夕我帶著兒女到哥嫂家圍爐。侄兒當晚要趕飛機，飛到美國會妻兒，他攜帶大包小包行李，磅一磅，剛好符合最高重量三十二公斤，塞爆了皮箱，可見他年終獎金全花光了。臨走前，硬塞一個紅包給我，說是小意思，不成敬意。小姪女見賢思齊，行善不落人後，也塞紅包。

　　我回房後，悄悄打開一看，「小意思」竟然是五位數字，嚇了我一跳！當然，我一兒一女也有孝敬老爸壓歲錢，左一包右一包，紅包紅包，接得我手軟。

　　在吃年飯的時候，在美國另一位大姪女，也打電話過來拜年。最後她說：「叔叔，現在明尼蘇達州很冷，不適合老人出門，等到五月份，您到我這裡來散散心，美國您還沒來過。」

　　我插嘴說：「我在電視電影上見過。」

　　「那不一樣，您一定要親身過來感受一下。」

　　我支支唔唔地說：「到時候再說啦！」意思就是「再聯絡」，想不了了之。她不過是客氣話，我豈可當真？

她接著說：「叔叔，機票錢我出，上帝恩待我，使我最近賺了不少錢，可供您來美國玩玩。您不要消滅聖靈的感動，一定要來唷！」

她不是客套，是真心誠意的。這句話，又使我的眼漱漱模糊起來。

我只有低頭敬拜上帝，祂藉人所賜給我的，超過我所求所想的。

年初三從桃園哥嫂住所，返回高雄自己的小窩。在樓下信箱裡，躺著一封信，一路上樓一路想，今年狗年，我真的旺旺旺了，上帝又派天使送「禮物」來了？

看了信封，新店寄來的。我這南部人，新店從未去過，連個鬼都不認識，是誰？

打開一瞧，沒有匯票什麼的，只是一張遲到的聖誕卡。看了落款簽名，是校園雜誌的吳主編。

我苦笑起來，本以為又是紅包？飛過來的，卻是「空包彈」。失望之情，馬上寫在臉上。只怪這個年過得太好，一個一個的紅包，把我胃口養大了。見了什麼東西，老是聯想起紅包，財迷心竅。

錢能提升我們高貴品格，把它分一些給缺乏的人；錢又能挖掘我們的慾念，總覺得不夠，貪心難填。夠用就好，心湖平靜無波。

（原載於95年2月17日台灣時報台時副刊，稿費835元）

國家圖書館出版品預行編目

同學會：雄中11組 / 繆平帆著. -- 一版. --
臺北市：秀威資訊科技, 2006[民95]
面；公分. --（語言文學類；PG0116）

ISBN 978-986-6909-12-2（平裝）

848.6   95021854

 語言文學類　PG0116

同學會──雄中11組

作　　　者 / 繆平帆
發　行　人 / 宋政坤
執 行 編 輯 / 林世玲
圖 文 排 版 / 郭雅雯
封 面 設 計 / 林世峰
數 位 轉 譯 / 徐真玉　沈裕閔
圖 書 銷 售 / 林怡君
網 路 服 務 / 徐國晉
出 版 印 製 / 秀威資訊科技股份有限公司
　　　　　　台北市內湖區瑞光路583巷25號1樓
　　　　　　電話：02-2657-9211　　　傳真：02-2657-9106
　　　　　　E-mail：service@showwe.com.tw
經　銷　商 / 紅螞蟻圖書有限公司
　　　　　　台北市內湖區舊宗路二段121巷28、32號4樓
　　　　　　電話：02-2795-3656　　　傳真：02-2795-4100
　　　　　　http://www.e-redant.com

2006 年 11 月　BOD 一版
定價：170 元

讀　者　回　函　卡

感謝您購買本書，為提升服務品質，煩請填寫以下問卷，收到您的寶貴意見後，我們會仔細收藏記錄並回贈紀念品，謝謝！

1.您購買的書名：＿＿＿＿＿＿＿＿＿＿＿＿＿＿＿＿＿

2.您從何得知本書的消息？

　　□網路書店　　□部落格　　□資料庫搜尋　　□書訊　　□電子報　　□書店

　　□平面媒體　　□ 朋友推薦　　□網站推薦　□其他＿＿＿＿＿

3.您對本書的評價：(請填代號　1.非常滿意 2.滿意 3.尚可 4.再改進)

　　封面設計＿＿＿　版面編排＿＿＿　　內容＿＿＿　文/譯筆＿＿＿　　價格＿＿＿

4.讀完書後您覺得：

　　□很有收獲　　□有收獲　　□收獲不多　　□沒收獲

5.您會推薦本書給朋友嗎？

　　□會　□不會，為什麼？＿＿＿＿＿＿＿＿＿＿＿＿＿＿＿＿＿

6.其他寶貴的意見：＿＿＿＿＿＿＿＿＿＿＿＿＿＿＿＿＿

＿＿＿＿＿＿＿＿＿＿＿＿＿＿＿＿＿＿＿＿＿＿＿＿＿

＿＿＿＿＿＿＿＿＿＿＿＿＿＿＿＿＿＿＿＿＿＿＿＿＿

＿＿＿＿＿＿＿＿＿＿＿＿＿＿＿＿＿＿＿＿＿＿＿＿＿

讀者基本資料

姓名：＿＿＿＿＿＿＿＿＿＿　年齡：＿＿＿＿　性別：□女 □男

聯絡電話：＿＿＿＿＿＿＿＿　E-mail：＿＿＿＿＿＿＿＿＿

地址：＿＿＿＿＿＿＿＿＿＿＿＿＿＿＿＿＿＿＿＿＿＿＿

學歷：□高中(含)以下　　□高中　　□專科學校　　□大學

　　　□研究所(含)以上 □其他＿＿＿＿＿＿＿

職業：□製造業 □金融業 □資訊業 □軍警 □傳播業 □自由業

　　　□服務業 □公務員 □教職　□學生 □其他＿＿＿＿＿

(請沿線對摺寄回,謝謝!)

秀威與 BOD

BOD（Books On Demand）是數位出版的大趨勢，秀威資訊率先運用 POD 數位印刷設備來生產書籍，並提供作者全程數位出版服務，致使書籍產銷零庫存，知識傳承不絕版，目前已開闢以下書系：

一、BOD 學術著作—專業論述的閱讀延伸
二、BOD 個人著作—分享生命的心路歷程
三、BOD 旅遊著作—個人深度旅遊文學創作
四、BOD 大陸學者—大陸專業學者學術出版
五、POD 獨家經銷—數位產製的代發行書籍

BOD 秀威網路書店：www.showwe.com.tw
政府出版品網路書店：www.govbooks.com.tw

永不絕版的故事・自己寫・永不休止的音符・自己唱